이세계 탐정 모나

차례

1장. 접속중 5p

2장. 대저택에서 39p

3장. 납치 71p

4장. 정체 105p

5장. 1.5회차 인생 135p

작가의 말 170p

1장. 접속중

"저를 죽인 사람을 찾아주세요."

 나는 전화 한 통을 받았다. 수화기 너머 목소리는 단호하고 결연했다. 자신을 죽인 사람을 밝혀달라는 이야기였다. 정확히는 사람이 아니라 메타버스 속 아타바, 즉 뉴로우다. 에밀리가 불러준 주소를 받아 적고 옷걸이에 올려놓은 중절모를 챙겨 탐정 사무소를 나선다.
 벨라지오 호텔은 택시로 20여 분이 걸리는 장소였다. 에밀리는 7번가에서 쥬얼리 아이템을 파는 꽤 유명한 디자이너다. 그녀의 말을 정리해 보면, 쥬얼리 쇼가 끝나고 호텔 수영장에서 애프터 파티를 즐기고 있었다. 술에 취해가던 중 수영장 물에 들어가 친구들과 인증샷을 찍는데, 옆구리에 따끔한 느낌이 들더니, 그대로 그녀의 뉴로우가 물에 빠져 죽었다는 것.
 플링 메타버스에서 활동하는 아바타를 뉴로우라고 부른다. 플링 메타버스는 다른 메타버스와 달리 뉴로우가 느끼는 감각을 동시에 사용자가 느낄 수 있도록 99.998% 똑같이 구현했다. 출시된 지 이틀 만에 사용자가 전 세계적으로 1억 명을 넘었고, 메타버스 중에서 단일 사용자로 최단기간 내 최다 사용자 숫자를 기록했다. 매주 진행되는 고감도 터치 업데이트에 플링 메타버스의 인기는 날이 갈수록 고공행진 중이다.
 플링 메타버스는 서버마다 시대적 특징이 있다. 내 뉴로우가 현재 접속해 있는 서버는 20세기 영국이 배경이다. 1세기 전 세계는 같은 듯 다른 점이 많아 플링 메타버스를 편하게 즐기고 싶은 사람들이 많은 서버다. 가장 인기 있는 서버는 중세 시대이고, 가장 어려운 서버는 구석기 시대다. 21세기는 근미래 서버에 속한다. 일정한 연도 안에서 루프처럼 시간이 지속되는데, 전쟁을 제외한 사실에 기반한 크고 작은 사건이 플링 메타버스의 이벤트로 등장한다.

 나는 재수학원에서 수업을 듣고 집에 오면 플링 메타버스부터 접속하는, 플러버. 플링 메타버스를 사랑하는 사람이라는 뜻으로 플링 메타버스를 광적으로 하는 사람들을 칭하는 플러버. 현실은 재수생 1에 불과한 나는 플링 메타버스 안에선 직업 탐정을 하고 있다. 심지어 인기 있는 탐정이다. 탐정이 된 이유는 간단하다. 나는 추리 소설 마니아이고, 문장 너머 배운 추리법을 메타버스에서 써먹었다. 처음에는 고양이를 찾아주는 간단한 의뢰에서 시작했다. 점점 사건의 크기가 커지면서 메타버스에서의 명성도 커지고, 지금은 사건을 잘 해결하는 사설탐정으로 정평이 났다.

"탐정님! 이쪽이에요."

 멀리서 내 조수가 손을 흔든다. 사건 의뢰가 많아지면서 도와줄 조수를 뽑았는데 나는 그의 이름을 보자마자 묻지도, 따지지도 않고 채용했다. 그의 이름은,

"도우리 씨. 오늘도 일찍 도착했네요."

'도우리'였기 때문이다. 농담인데 여기서 웃은 사람은 없겠지?

"그게 바로 탐정 조수의 자세 아니겠어요?"

도우리가 소탈하게 웃는다. 웃을 때 항상 커다란 입 동굴이 생기는데, 하고있는 외모와 뭔가 맞지 않아 보인다. 케이팝 아이돌 맴버를 본떠 뉴로우를 만들었다는 도우리. 신경 써서 만든 티가 나는 뉴로우다. 내 뉴로우가 투박하게 생긴 레고 블록 같다면, 그의 뉴로우는 4D 모델링 같다.
"에밀리라고 해요."
"반갑습니다. 탐정 잭슨입니다."
"키가 크다고 들었는데, 진짜 크시네요."
"네, 2미터 조금 안 됩니다."
 하하. 나는 모자를 벗어 에밀리에게 인사한다. 그녀는 한 번 죽었다 살아난 것답지 않게 몸에 두르고 있는 아이템이 많았다. 플링 메타버스에서 죽게 되면 가지고 있던 아이템을 모두 잃는다. 일반적으로 이 안에서 죽을 일이 없으므로, 보통은 정해진 삶을 마치고 새로운 뉴로우로 태어난다. 그렇게 매번 다른 곳에서 다른 외형으로 살아가는 게 플링 메타버스의 또 다른 재미다. 나는 이번이 두 번째 인생이고, 이전과 다르게 남자로 태어났다. 처진 눈매에 순한 인상을 주는 얼굴과는 달리, 194cm에 손발도 모두 크다. 키로 이미 모두의 시선을 사로잡기 때문에 옷은 대체로 무난한 무채색 계열의 옷을 입고 다닌다. 옆으로 메는 메신저 백에는 수첩과 현장을 살필 수 있는 도구들이 들어있다. 지난번 초미래 서버에서 우주선 사고로 생을 마감한 나는, 이번 생을 아날로그로 가득 채우고 있다. 웬만하면 문명의 이기와는 거리를 두려 한다.

"제가 죽은 곳이에요."
"수영장 물은 빼신 건가요?"
"일주일에 한 번 물갈이를 한대요."
"옆구리에 따끔한 느낌이 드셨다고요?"
"여기..."
 그녀는 나와 도우리 앞에서 훌렁 웃옷을 까고 자기 옆구리를 보여준다. 도우리는 헛기침하며 고개를 돌리고, 나는 고개를 숙여 그녀의 옆구리를 자세히 살핀다. 옆구리에 동그란 자국이 남아있다. 주삿바늘보다 크고 볼펜 자국보다 작은, 지름 4mm 정도. 맨눈으로 식별이 가능할 정도로 크다. 그녀의 연보라색 뉴로우에 남겨진 자국은 연두색과 노란색 그 어딘가의 색이다. 오래 바라보고 있으니, 연두색보단 노란색에 가까운 것 같다. 나는 수첩에 해당 내용을 적는다.
"파티에 있던 사람들은 조사해 보셨나요?"
"이 세계로 경찰을 부르기란 힘드니까요. 따로 소사는 못 했쥬."
"파티에는 아무나 들어올 수 있었나요?"
"네. 맞아요."
"그렇군요. 옆구리에 난 상처에 대해선 병원에 가보셨나요?"
"병원에서도 모르더라고요."
 그녀가 숨을 고르고 말한다.
"이렇게 몰라서야, 범인을 잡을 수 있을까요?"
"최대한 조사 해봐야죠. 현장은 물 빠신 서 제외하면 그대로 보존되어 있나요?"

"네, 맞아요."

 그녀가 수영장을 나가고, 나와 도우리는 각자 사건 장소를 수색하기로 한다. 호텔 라운지에 있는 수영장은 복층 구조로 되어 있다. 초록색 라운지 문으로 들어오면, 오른쪽에 술을 마실 수 있는 바와 테이블이 있다. 그 앞으로 춤을 출 수 있는 스테이지와 DJ부스가 있고, 부스 왼쪽으로 있는 나선형 계단 위에 수영장이 있다. 계단을 올라가면 하얀색 비치 체어가 펼쳐져 있고, 그 옆으로 기다란 수영장이 한 층 가득 자리를 차지하고 있다.

 그녀가 앉아 있었던 비치 체어에서 수영장 쪽으로 직접 이동해 본다. 눈에 거슬리는 특이점은 발견하지 못한다. 이번엔 도우리와 함께 수영장 바닥으로 내려왔다. 깊이는 1.5m. 타일의 오돌토돌한 감촉이 느껴진다. 온갖 곳을 다 뒤져봤지만, 마음에 짚이는 점은 따로 없다. 흔하다고 할 만한 종류의 살인사건. 호텔 수영장은 애프터 파티에 왔던 사람들 외에도, 호텔 손님이라면 누구나 드나들 수 있는 공간이다. 범인은 이미 범행 도구를 챙겨, 수영장에 흔적을 남기지 않았을 수도 있다.

"단서가 코빼기도 안 보이는데요?"

 도우리가 한숨을 내쉬며 얼굴을 쓸어내린다. 일이 잘 풀리지 않을 때의 버릇이다. 그는 자기가 만화 명탐정 코난의 열혈 팬이라고 했다. 코난처럼 방범대를 만들어 추리를 하고 싶었다고, 그러던 중 내가 탐정 조수를 뽑는다는 소식을 듣고 지원했다고 했다. 나는 추리를 좋아하는 사람을 좋아한다. 자기계발서만 읽는 시대에 추리를 좋아하는 사람이

드물기 때문이다. 추리를 좋아한다고 하면 으레 낭만주의자로 취급당했다.
"이만큼 아무것도 없었던 적이 있었나?"
"없었죠. 그동안은 단서 다 뿌려놓고 붙잡아 주길 기다리는 사이코패스 같은 뉴로우들이 범인이었으니까요."
"어쩌면 이번엔 진짜 살인사건일 수도 있겠어."
"그게 무슨 말이에요?"
"누군가 짠 각본 안에 우리가 들어왔다는 뜻이지."
 나는 물이 빠진 수영장 바닥에 서서 그녀가 살인 현장으로 알려준 곳을 노려본다. 수영장 바닥이 위로 솟아오르는 기적 같은 광경이 펼쳐지지만 모두 내 머릿속 상상일 뿐이다. 지금까지 의뢰받은 모든 사건을 해결했다. 이번 사건도 해결해야 내 명성에 금이 가지 않을 터였다. 이번 생에 쌓은 업적을 이렇게 무너뜨릴 수야 없다. 그러나 목격자도, 범행 도구도 없다. 동그랗고 노란색 흉터를 남길 수 있는 흉기가 도대체 무엇일까? 도우리와 저녁에 다시 만나기로 하고 접속을 해제한다.

 플링 메타버스에 접속해 있는 동안, 내 뇌신경은 기계와 연결돼 메타버스 속 세계에서 뉴로우를 몸 대신 사용한다. 그동안 현실의 나는 침대에 누워있거나 의자에 앉아 있다. 새벽 5시. 나는 밝아오는 빛을 느끼며 이불을 덮는다. 하루에 2가지 인생을 산 피로감을 느끼며 곯아떨어지듯 잠이 든다.

"흐아암-"

나는 기지개를 켜며 일어난다. 핸드폰 시계를 보니 정오. 오늘 재수학원 수업은 2시다. 나는 서둘러 씻고 점심용 알약을 먹는다. 테이블 위에 쌓여있는 식사용 알약의 모습. 지난달부터 식사 대용 알약을 먹고 있다. 재수 준비를 하면서 밥 먹는 시간을 아껴볼 요량이었는데, 생각보다 맛도 있다. 찰나의 맛을 느끼는 거지만.

이크, 집 앞 정류장에 곧 버스가 도착할 예정이다.

정류장을 향해 잰걸음으로 가는데, 사람들이 웅성웅성 모여있다. 여긴 스포츠 센터인데? 무슨 일이지? 나는 호기심을 이기지 못하고 가던 길을 멈춘다. 서 있는 사람들 사이를 비집고 들어가 옆에 있는 아줌마에게 묻는다.

"무슨 일이에요?"

"사람이 죽었대요."

"사람이 죽었어요?"

내 질문에 대답을 해준 아줌마는 더 작은 목소리로 속삭이듯 말한다.

"살인사건이라던데…"

그 말에 고개를 들어 주위를 둘러보니, 정말 경찰차 3대와 구급차 1대가 있다. 경찰이 스포츠 센터와 밖을 분주히 오간다.

"어디서 죽었는데요?"

"수영장. 지하에 있는 수영장에서 죽었대요."

헙. 나는 입을 손으로 틀어막았다. 수영장 살인사건? 순간,

이 공간이 메타버스인지 현실인지 헷갈린다. 하지만 스포츠 센터 건물 통유리에 비친 나는 20살 여자의 모습. 어깨 아래까지 내려오는 머리카락을 만지며 현실임을 자각한다. 그나저나 메타버스에서와 비슷한 수영장 살인사건이 내 주위에서 일어나다니, 내가 안을 들여다보려고 열심히 기웃거릴 때 누군가 내 어깨를 막으며 제지한다.
"폴리스 라인 넘으시면 안 됩니다."
 경찰이다. 움찔한 나는 알겠다고 말하며 한 발짝 물러난다. 하지만 안이 궁금해 미치겠다. 누가, 어떻게 죽었는지 물어보고 싶었지만, 나 같은 일반인에게 수사 기밀을 말해줄 리 없다. 스포츠 센터를 등지는 내 발걸음에 아쉬움이 뚝뚝 떨어진다. 저 멀리 버스 정류장을 보는데,
 아차. 학원 늦었다!!

"다음 주에 모의고사 본대?"
"응. 모나 너, 오늘은 또 왜 늦었어?"
 재수 학원의 유일한 친구, 민정이 필기 공책을 빌려주며 묻는다.
"우리 집 앞에 스포츠 센터 있잖아, 거기 살인사건 났어."
"아! 나비 연쇄 살인 말하는 거 맞지?"
"나비 연쇄 살인?"
"너 뉴스 보고 말하는 거 아니야? 뉴스에 떴던데?"
 민정이 핸드폰으로 영상을 보여준다. 뉴스에는 단정한 여자 아나운서가 나와 사건에 대해 말하고 있다.
"오늘 아침 6시 성북구의 한 스포츠 센터에서 수영을 하던

30대 김 모 씨가 살해된 채 발견되었습니다. 수사당국은 이 사건을 나비 연쇄 살인범의 소행으로 보고 있으며 수사를 진행하고 있습니다. 발표에 따르면 시체 왼쪽 발바닥에 나비 모양이 그려져 있었으며…"

 진짜잖아. 사건 현장이 내가 너무 잘 아는 그 스포츠 센터다.

 작년부터 갑자기 연달아 살인사건이 터졌다. 피해자들은 서로 일면식이 없는 사이였으며 하나같이 왼쪽 발바닥에 나비 모양이 그려져 있었다. 언론에선 나비 연쇄 살인이라고 불렀다. 나비 연쇄 살인범은 아무런 흔적을 남기지 않고 살해했다. 피해자도 10대 여자, 30대 남자, 20대 여자, 50대 남자 등 공통점이 없었다. 사람들은 언제 어디서 살해당할지 모르는 두려움에 떨어야 했고 각종 호신용품이 불티나게 팔렸다. 나도 호신용 스프레이를 주머니에 항상 넣고 다닌다.

"이제 어디로 가? 독서실 같이 가자."
"난 집으로 가려고."
"이모나! 스포츠 센터 가지 말고 공부해!"
"알았어, 알았어."

 민정아 미안. 나는 민정이와 헤어진 후 곧장 스포츠 센터로 향했다. 어둑한 스포츠 센터 앞에는 폴리스 라인과 함께 영업을 잠시 중지한다는 안내가 붙어있다. 안은 조용했고 아무도 없는 것 같다. 나는 좌우를 살피곤 빠르게 들어간다. 수영장은 지하. 발소리를 죽이며 걷지만, 워낙 큰 공간이라 소리가 울려 퍼진다.

"헉..."
 놀랍게도 플링 메타버스 속, 그 수영장과 비슷하다. 비치체어, 수영장이 있는 위치나 타일 무늬도 같다. 그리고 무엇보다 시체 보존선이 에밀리가 죽은 위치와 정확하게 일치한다. 온몸에 소름이 돋는다. 이렇게 똑같을 수가 있는 거야??
"누구야."
 척 소리와 함께 등 뒤로 금속성의 뭔가가 닿는 느낌. 낮은 남자 목소리다.
"아... 저는,"
"손 머리 들어."
"아, 네네. 들었어요."
"전전히 돌아."
 시키는 대로 하면, 온통 검은색 옷에 모자를 푹 눌러쓴 남자가 서있다.
"누구세요?"
"그건 내가 먼저 물었는데?"
"그냥 지나가던 일반인이에요."
"지나가던 일반인은 함부로 폴리스 라인 안으로 안 들어와."
 나를 향해 겨눈 테이저건을 조준한다.
"진짜예요. 저 이 근처 원룸 살아요."
 당황해서 환장할 지경. 내가 살인사건의 범인으로 몰리고 있는 게 분명하다. 얼른 플링 메타버스 속 이야기를 한다.
"사실은 메타버스 때문에 들어왔어요. 메타버스에서도 수영장에서 살인사건이 일어났어요. 저는 그 사건을 해결하는 탐정이고요."
"네가 탐정이라고?"
"네네. 메타버스 안에서 탐정이요. 근데 왜 자꾸 반말하세요?"
"미안합니다. 수상한 사람인 줄 알았습니다. 여전히 제겐 수상한 사람이지만. 일단 나가서 이야기하죠?"
여전히 테이저건을 내려놓지 않는 그. 일단 앞장서서 걸어간다.

"실례했습니다. 제 이름은 김무건 입니다. 이 사건 담당 형사입니다."
귀찮다는 듯 뭔가를 내 앞에 꺼내 보이고는 치운다. 경찰증 같은데... 머리부터 발끝까지 온통 검은색으로 도배한 30대 경찰 아저씨. 그에게 검정이 아닌 부분을 찾으려면 아마 흰자, 치아 정도일까? 나도 폴리스라인 안으로 들어간 것에 대해 사과했다. 어쨌든 내 잘못이지만, 억울하다.
"도대체 왜 이 안으로 들어온 겁니까?"
"메타버스 때문이라고 했잖아요."
"수영장 살인사건 말입니까?"
"네. 제가 여기 와보니까 수영장도 비슷하고 무엇보다..."
나는 주위를 살피다 조용히 말했다.
"죽은 사람 위치가 똑같아요."

"진짭니까?"
"네. 왠지 두 사건이 연관 있을 거란 생각이 들어요."
"왜 그런 생각이 듭니까?"
"...촉?"

 무건을 데리고 플링 메타버스 카페로 갔다. 그에게 플링 메타버스에서 일어난 사건을 알려주기 위해선 그를 데리고 플링 메타버스 안으로 들어가는 게 가장 손쉬운 방법이었다. 소파에 플링 메타버스 기계 2개가 놓인, 2인실이다.
"메타버스 해본 적 있어요?"
"없습니다."
"간단하게 설명해 드릴게요."
 나는 플링 메타버스 기계의 머리에 붙이는 쪽을 들고 그에게 보여준다.
"이걸 머리에 붙이면 플링 메타버스에 접속돼요. 그러면 현실에 있는 몸은 안 움직이고 메타버스에 있는 뉴로우를 움직일 수 있어요."
"뉴로우가 뭡니까?"
"뉴로우는 플링 메타버스에 있는 아바타라고 생각하시면 돼요. 원래 처음 접속하면 10살부터 시작해야 하거든요?"
"10살?"
"저한테 뉴로우가 하나 더 있어요. 그걸로 접속하시면 돼요."
"그건 몇 살입니까?"
"접속해 보시면 알아요."

나는 방긋 웃었고, 그는 불안을 느끼는 표정이었다.
"새로운 세계로 들어갈 준비가 됐나요?"

"...이게 뭡니까?"
"제가 옛날에 키우던 뉴로우요."
"이... 이... 공주 옷은 또 뭡니까?!"
"중세 시대 공주였어요. 여기 서버랑 느낌이 안 맞긴 하는데, 어쩔 수 없죠. 10살로 돌아다니고 싶어요? 그래 보여도 걔 20살이에요."
무건은 핑크색 레이스와 리본이 치덕치덕 붙어있는 공주 드레스를 입은 모습. 이 뉴로우는 내가 중세 시대 서버에서 인생 1회차를 마치고 2회차를 살려고 할 때의 뉴로우다. 발가락 모양 오류로 전체 인생을 살지 못했으니 나는 이 공주 뉴로우를 1.5회차 인생이라고 불렀다.
"놀라지 말고 들어요."
"이 옷보다 놀랄만한 건 없을 것 같습니다."
"당신 발가락 반대에요."
"에?"
그가 드레스를 양손으로 들고 고개를 숙여 발을 쳐다봤다. 악! 외마디 비명. 왼발이 붙어있어야 할 자리에 오른발이 붙어있으니 놀랄 만도 하지. 나도 처음에 발가락을 보고 그랬으니까.
"이건 왜 이런 겁니까?"
"저도 플링 메타버스에 문의했는데, 단순 오류래요. 그거 때문에 폐기하려고 보관하던 뉴로우였어요."

그가 드레스를 내려놓고 머리를 긁적인다.
"보기만 그렇지, 걷고 뛰는 데 문제없으니까, 수영장으로 가볼까요?"
"그 전에 옷 좀 갈아입으면 안 됩니까? 그런 기능은 없습니까?"
"거 참, 귀찮게 하네요."
가상 옷장을 열어 그와 함께 들어간다.
"이 중에서 골라 봐요."
대충 고를 줄 알았던 그가 생각보다 신중하게 옷을 본다. 뭐, 옷이 별로 없어서 그랬을 수도 있다. 나는 옷 아이템에 돈을 쓰지 않는 편이니까.
"이걸로 하겠습니다."
내가 잠옷으로 입는 운동복 세트를 골랐다.

수영장에는 도우리가 먼저 와있다. 오늘노 환하게 입 둥글을 개방하며 손을 흔든다.
"탐정님! 옆에는 누구예요?"
"형사."
"헉, 역시 탐정님은 인맥이 남다르시네요."
"이쪽으로 와 봐요."
나는 무건에게 손짓했다. 현실에선 내가 20살 여자, 무건은 30대 아저씨인데, 여기선 내가 30대 남자, 무건이 20살 여자라는 게 참 웃긴다. 이런 맛에 메타버스 하는 거 아니겠어?
한숨 쉬며 나에게 다가온 무건. 시체 보존선을 보고 놀라

곧 애써 놀라지 않은 척을 한다.
"확실히... 똑같습니다."
그가 팔짱을 끼고 말한다.
"탐정님, 제가 에밀리 주위 사람들을 조사해 봤는데요."
도우리가 끼어든다. 아무래도 나와 무건을 보며 혼자 위기감을 느낀 모양이었다.
"어, 그래서. 의심 갈만한 사람 있었어?"
"그런 사람은 없었어요. 알다시피 여긴 즐기러 오는 메타버스니까요."
참으로 맥 빠지는 조사다. 도우리는 의욕은 넘치는데 실속이 부족하다. 가끔 그의 현실 세계 모습을 상상해 본다. 현실에서도 이렇게 맥 빠지는 스타일일까? 궁금해진다.
"흠... 형사님이 보기엔 어떠세요? 두 사건이 연관 있을 것 같으세요?"
"촉으로 생각하고 있는 내용이 있습니까?"
무건이 묻는다. 나는 그와 도우리만 들을 수 있게 최대한 목소리를 낮춰 말한다.
"저는 나비 연쇄 살인범이 메타버스 안에서 살인 연습을 하고, 현실에서 진짜 살인하는 거로 생각해요."
그랬다. 그놈이 여기서 살인 연습을 하는 게 아닌지 의심했다. 플링 메타버스 커뮤니티 게시판을 보면, 어느 날 뉴로우가 죽었다는 글들이 심심찮게 있다. 대부분 따끔한 느낌 후 눈을 떠보니 사후세계였다는 것.
사후세계에서는 이어서 플레이할지, 새로 태어날지를 고른다. 이어서 플레이하기엔 많은 돈이 필요하므로 보통은 새로 태어나기를 고른다. 그래서 지금까지 메타버스에서 죽은 사람을 만나본 일이 없다. 그러나 에밀리는 부자다. 그 정도 돈은 아무것도 아닐 만큼. 그녀는 자기를 다시 살렸고, 나에게 의뢰했다. 아마 나비 연쇄 살인범이 생각지 못했던 상황일 것이다.
"나비 연쇄 살인마 말입니까?"
"피해자 옆구리에 동그란 노란색 자국이 있지 않았나요?"
"그건 수사 중인 사안인데?"
"에밀리의 뉴로우에도 그게 있었어요."
"정말 같은 놈인가..."
무건은 생각에 빠졌고 나는 시체 보존선을 바라봤다. 그것만으로는 부족하다. 모방범의 소행일 수도 있기 때문이다. 에밀리 몸에 나비 모양 그림이 있었는지를 확인해야 한다.
"그럼, 에밀리를 만나야겠네요. 어때요?"
도우리의 말에, 다 함께 에밀리의 집으로 향했다.

"옆구리 흉터? 없애버렸죠."
"없앴다고요?"
중요한 증거였던 흔적을 없앤 게 상식적으로 이해되시는 않는다. 그러나 에밀리에겐 싫은 기억일 수 있다.
"피부조직은 따로 맡겼어요."
그녀는 흉터를 덮기 전 피부조직을 떼어 연구소에 보냈다고 한다. 정말 다행이다. 그러곤 한 장의 사진을 보인다.
"왼발에 나비 모양이 그려져 있었어요. 이것도 같이 없앴어요."

왼쪽 발바닥에 선명하게 그려진 나비 모양. 메타버스 수영장 살인사건과 현실에서 벌어진 스포츠 센터 수영장 살인사건의 범인이 동일 인물 이란 증거다.

뉴로우 사망 원인을 알려고 연구소에 피부조직을 맡겼는데, 지금쯤 결과가 나왔을 거라고 그녀가 귀띔했고, 우리는 연구소로 향한다. 기차로 2시간 떨어진 지역이다.

"에밀리 소개로 왔어요."

그녀가 미리 말해둔 덕분에 수월하게 연구소에 들어왔다. 실험 가운을 입은 뉴로우가 안내한다.

인체부터 도마뱀까지… 다양한 가죽이 천장에 걸린 모습. 이곳은 뉴로우 스킨을 연구하는 곳이다. 에밀리의 피부조직도 이곳에서 만든 커스텀 가죽이었기에 이쪽으로 보낸 것이다.

안내해 준 방으로 들어서자, 또다른 뉴로우가 나타난다.

"저는 차차 연구원입니다. 차차라고 불러주세요. 에밀리 씨가 의뢰한 피부조직은 오늘 오전에 결과가 나왔습니다. 저희 연구소는 메타버스 밖에도 있습니다. 실제 기업으로 존재하지요."

말없이 고개를 끄덕이자, 유리병 안에 든 피부조직을 보여주는 차차. 노르스름한 조각이다.

"분석결과, 이건 IUJH991과 WSRD30의 혼합물이에요."

"그게 뭡니까?"

무건이 묻는다.

"아, 제가 말한 건 학명입니다. 신물질인데 아마 생소하실 거예요. 이 두 물질은 혼합되면 치사율 100%의 독으로 변합니다. 이렇게 조합해 낸 걸 보면, 아마 이쪽으로 잘 아는 사람일 겁니다."
"이 물질은 어디서 얻을 수 있나요?"
"그냥 보통의 세제에 있습니다. 거기서 추출했을 거예요. 그게 제 추론입니다."
"그런가요…"
구입처로는 범인을 알아낼 수 없단 의미다. 대신, 세제에서 물질을 추출할 줄 아는 사람이 범인이다. 이런 능력자는 흔치 않은 것이다. 이 플링 메타버스에서도.
"좋은 정보 감사합니다. 또 특이한 점은 없을까요?"
"현재로선 이게 전부예요. 혹시 더 나오는 게 있으면 에밀리 씨 통해서 알려드릴게요."

연구소에서 나오면, 다시 돌아살 길이 구만리다.
우리는 기차역 의자에 나란히 앉는다.
"마트부터 가볼까요?"
"세제 산 뉴로우 전부 찾아가 보게?"
"그럼 어쩌죠…"
"형사님, 어떻게 하는 게 좋을까요?"
"일단 서로 돌아가서 이 사실을 공유해야겠습니다."
"그게 먼저겠네요."
"탐정님, 저는 내일 일이 있어서 저녁 늦게 접속할 수 있을 것 같아요."
"그래, 나도 내일은 재수학원 수업이 아침 9시부터야. 다

끝나면 저녁 6시쯤 될 거야."
"사거리 오른쪽에 있는 재수 학원 다닙니까?"
"네, 맞아요. 형사님이랑은 끝나고 학원 앞에서 만날 수 있을까요?"
"물론입니다."
 도우리에게 인사하고 접속 해제. 옆에서 못 하고있는 무건의 장치도 해제해준다. 어지러운 듯 한동안 정신을 못 차리는 무건. 흔한 플링 멀미다. 메타버스 세계를 처음 겪으면 꼬박 하루 동안 속이 울렁거리는 부작용이 있다. 무건과는 카페 앞에서 헤어진다.

 이틀 사이 너무 많은 일이 있었다. 어쩌다 보니 진짜 살인 사건에 엮였는데, 이제야 내가 인생의 주인공이 된 기분. 영화 속 주인공 처럼 설랜다.
 집으로 막 가는데, 카페 직원이 달려와 경찰증을 건넨다. 무건이 흘리고 간 모양. 이거 없으면 출근 못 하나? 연락처도 모르니, 내일 아침 일찍 직접 가져다주기로 하고 집에 돌아왔다.
 평소에도 머리만 대면 잠드는 편이지만, 오늘은 특히 더 잠이 쏟아진다.

 이른 아침, 경찰서 앞.
 보안 게이트에서 근무중인 경찰에게 말을 건다. 김무건 형사님 경찰증을 가져왔다고 말하니, 어디론가 연락을 한다.
"잠시만 기다려 주세요."

"저... 맡기고 가려고 하는데요."
"잠, 잠시..."
"김 무건 형사님 경찰증 가져오신 분이 누구시죠?"
 내 옆으로 훅 어떤 여자가 다가온다. 급하게 나온 듯, 이마에 땀까지 맺혀있다. 나는 소심하게 손을 든다.
"서다예 형사입니다. 잠시 동행하시겠어요?"
 나에게 경찰증을 보여주곤 내 어깨를 붙잡는 서형사. 옆에 있던 경찰도 안으로 들어가라고 손짓한다. 어쩔수 없이 따라가면, 2층 취조실 앞에서 멈춘다. 취조실??
"잠깐 물어볼 게 있어서 그래요. 무서운 거 아니에요."
 문을 열면, 느껴지는 서늘한 기운. 안은 영화에서 처럼 의자 2개와 책상 1개, 한 쪽 벽으로 통거울이 붙어있다. 저 거울로 지켜보는거겠지?
 나는 그녀와 마주 앉는다. 의자가 차갑다.
"당신은 묵비권을 행사할 권리가 있고, 당신이 하는 말은 당신에게 불리한 증거가 될 수 있으며, 당신은 변호사를 선임할 권리가 있습니다."
"우와, 저, 미란다의 법칙 처음 들어봐요! 그런데... 왜 저한테...?"
 보통 범죄자에게 말하지 않나? 의아한데, 서형사가 익숙하다는 듯 질문을 이어간다.
"본인 이름이 뭔가요?"
"...이모나요."
"나이는요?"
"20살이요."

"하는 일은요?"

"재수생이에요."

"당신은 어제 김무건 형사를 봤다고 했어요. 헤어질 때 그가 경찰증을 두고 간 거고요. 맞습니까?"

"...왜 그러시는 건데요?"

자판에서 손을 떼고 내 눈을 찬찬히 응시하는 그녀. 기분 탓일까? 나를 보는 눈빛이 어쩐지 슬퍼 보인다.

"김무건 형사는 이틀 전에 살해당했어요."

"네??"

내가 어제 봤는데, 살해당했다고? 나는 혼란스러운 감정을 숨길 수 없었다. 내가 손을 떨자, 그녀가 손을 꼭 잡아준다.

"경찰증을 제대로 안 봤나 보네요. 자, 잘 보세요. 이분이 진짜 김무건 형사입니다."

그녀가 내민 사진에는 갈색 머리에 눈동자가 보이지도 않게 휘어진 눈웃음을 짓고, 세련된 양복을 차려입은, 형사라는 걸 알 수 없을 분위기의 남자가 있다. 어제 본 검은 옷의 남자가 훨씬 더 형사답다.

"봤다는 남자분은 어디서 만났나요?"

"..."

차마 폴리스 라인을 넘었다고 말하기가 껄끄럽다.

"모나 씨. 여기서 묵비권을 행사하면 매우 불리해져요."

"제가, 그 스포츠 센터 안으로 들어갔어요."

"살인 현장에요?"

"네... 제가 하는 메타버스가 있는데 그 안에서도 똑 같이 수영장 살인사건이 벌어졌어요. 너무 닮은 사건이라 혹시 단서라도 있을까 하고..."
 우물쭈물 말하는 나를 희한하다는 듯 쳐다보는 서형사.
"그래서, 거기서 그 남자분을 만났다는 건가요?"
"네. 경찰처럼 행동하면서 자기가 김무건 형사라고..."
 말끝을 흐리자, 편하게 말하라는 듯 손짓한다.
"...테이저건을 갖고 있었어요. 그래서 더 경찰인 줄 알았는데..."
 갑자기 문이 열리며 형사 하나가 급히 들어온다.
"무슨 일이야?"
"또 살인 사건이 발생했습니다. 나비 연쇄 살인이에요."
 연쇄 살인이란 말에 나도 그녀를 따라 쳐다본다.
"저희 예측 주기랑 맞질 않는데, 이번엔 재수학원에서..."
"혹시, 사거리에 있는 일등 재수 학원이에요?"
 어떻게 알았냐는 듯 쳐다보는 형사. 나는 순간 몸이 튀어 오르며 당장이라도 뛰쳐나갈 채비를 한다. 설마... 하지만 어제 그놈이 범인이면, 내가 일등 재수학원 다니는 걸 안다. 혹시 나를...
"어제 그남자한테 수업이 있다는 걸 말해줬었어요... 혹시, 혹시... 누가 죽은 건가요?"
 난처하다는 듯 서형사를 흘깃 보는 형사. 그녀가 손을 휘휘 젓는다.
"말해줘."
"이민정이라는 분이 죽었습니다."
!... 나는 그대로 주저앉아 버렸다. 민정이는 내가 늦게 오

면 자기보다 앞자리인 내 자리에서 수업을 듣곤 하는데...
"민정이가... 민정이가 저 때문에..."
그녀가 함께 주저앉아 나의 어깨를 토닥인다.
"모나 씨 때문이 아니에요. 우리 함께 나비 연쇄 살인범을 잡아요."
"제가, 제가... 할 수 있을까요?"
"용의자의 얼굴을 본 사람은 모나 씨 뿐이에요."
나는 몽타주 그리는 곳에 가서 그 남자의 얼굴을 설명했다. 몽타주는 내 기억과 꽤 비슷하게 그려졌다. 서형사는 그 몽타주를 전국에 뿌릴 거라고 했다.
삭막한 재수 학원에서 만난 하나뿐인 오아시스 같은 친구. 어제도 같은 대학 가자고 이야기했는데, 죽었다니... 이 모든 게 꿈이라고 누가 말해주면 좋겠다.
이 상황이 메타버스라면 내가 가진 돈을 모두 털어 민정을 살릴 텐데... 어깨가 축 늘어진 채 몸에 힘이 풀린 내 옆으로 서형사가 다가온다.
"김무건 형사, 제게 소중한 사람이예요."
그녀가 조용히 왼손에 낀 반지를 보여준다. 그제야 그녀의 슬픈 눈을 이해한 나. 품에 안겨 한참을 운다.

어느덧 밤. 내가 할 일은 하나. 플링 메타버스에 접속해 내가 살아있다는 걸 나비 연쇄 살인범에게 보여주는 것이다.
"...범인은, 제가 접속하면 분명히 나타날 거예요."
"너무 위험하지 않아요?"
"여기가 더 위험해요. 절 좀 지켜주실래요 형사님?"

"물론이죠."
 나는 그녀와 함께 집으로 향했다. 도중에 살인범을 볼까 봐 얼마나 졸였는지 모른다. 무사히 집에 도착하면, 곧장 플링 메타버스 기계를 꺼낸다.
"제가 해제하고 나오기 전까지만 부탁드려요."
"알았어요. 메타버스에서 어떻게 하려고요?"
"그는 아마 제 뉴로우로 접속할거예요. 메타버스에 있는 제 조수가 그 뉴로우의 위치를 알아낼 거고요."
"알겠어요. 메타버스지만, 조심해요."
 나는 침대에 누워 메타버스 기계를 머리에 붙인다. 눈앞에 접속하겠습니까? 글씨가 깜박이면, 손을 들어 터치한다.

　　-탐정님!

 접속하자마자 연락이 온 긴 도우리다. 김무긴 형사 일을 말해뒀는데, 내가 접속하면 나타나지 말고 쪽지를 보내라고 신신당부했다.

　　-어디 다친 덴 없어?
　　-저는 괜찮아요. 탐정님은요?
　　-나도 괜찮아. 그것보다 위치 추적은 가능해?
　　-혼자선 어려울 것 같아서 사촌 형 불렀어요.
　　-사촌 형? 너 나한테 컴공과라고 했잖아?
　　-죄송해요! 사실 저 초등학생이에요!!
　　 대학생인 척 하고 다녔어요!!

초, 초등학생? 나는 믿기지 않아 다시봐도, 여전히 거기 적힌 단어는 초등학생이다.

    -진짜 죄송해요.
     초등학생이라 하면 안 끼워줄것 같아서...
    -사촌 형은 할 수 있어?
    -사촌 형이 컴공과예요. 다 해요!!
    -믿을게, 진짜 잡아야 하는 사람이라서 그래.
    -넵!

얼떨떨한 상태로 도우리와 쪽지를 마친다. 믿어도 되는 걸까? 하지만 지금은 도우리 뿐. 다른 사람 끌어들일 시간도 없다. 멀리 공주 옷을 입은 내 뉴로우가 걸어온다. 손이 떨린다. 민정아, 내가 꼭 잡을게.

    -최대한 시간 끌어주세요.

도우리의 쪽지. 알겠다고 빠르게 답장을 보낸다.

"학원 갔었는데, 없더라?"
뭐야, 어제와는 전혀 다른 말투다. 그럼 나도.
"없었으면 조용히 돌아갔어야죠."
"내가 사람 죽일 때 얼굴을 잘 안 봐서."
말을 마치곤 활짝 웃는다. 내 뉴로우라 더 끔찍한 기분. 애써 침착하게 시간을 끈다. 접속 상태여야 위치를 알아낼 수 있다.

"얼굴 안 본다면서, 경찰은 잘도 죽였네?"

그의 표정이 일그러진다. 경찰을 죽인 건 실수였나? 공통점 없이 사람을 죽이는 사이코패스라면, 누군지도 모른 상태로 죽였을 수도 있다. 사람을 죽이는 이유가 무엇일까? 난생처음 살인범이 눈 앞에 서있는데, 이런... 궁금해진다.

"자수해라."

"나보고, 자수를 하라고?... 그럼, 이 버튼을 눌러. 누르면 자수할게."

그가 나에게 손바닥 크기의 물건을 넘긴다. 검은색 버튼이 달린 앞부분의 센서 등이 연신 빨간불을 깜박인다.

"이게 뭔데?"

"알면 재미없지."

내가 머뭇대는 사이, 그의 손이 내 손 위로 겹치며 버튼이 눌린다.

"뭐 하는 짓이야!"

"연구소에서 독에 관해 들었지? 내가 너희보다 우월하다는 걸 보여주마. 배합을 찾지 못하면 해독제도 없어. 나만 만들 수 있는 거야. 오로지 나만이!"

이놈은 미쳤다. 자기 천재성을 과시하기 위해 사람을 죽이는 놈. 방금 눌린 버튼이 무슨 짓을 한 건지, 불길하다.

"...넌 그저 미치광이일 뿐이야."

"그러는 넌? 메타버스 안에서 탐정 놀이나 하는 관종이."

"난 사람은 절대 안 해쳐."

"그게 재미없단 거야. 어때, 나와 함께 하는 게? 탐정보다 훨씬 짜릿할걸~"
 이제는 시시각각 표정이 변하며 웃는 모습. 소름에 등허리가 쭈뼛 선다.
"방금 누른 버튼에 수십 명이 죽었어, 메타버스 안에서."
"뭐?"
"현실에서 해보고 싶지 않아?"
"싫어!!"
"안 되겠네~ 함께 할 수 없다면, 가야지."
 갑자기 볼펜 같은 긴 막대기를 꺼내 드는 그. 내 오른쪽 목을 막대기에 찔려 쓰러지는 찰나, 시야에 쪽지가 스친다.

-위치 찾았어요. 성배로 8길이에요!

 강제 접속 해제되자마자 주소를 서형사에게 말한 나. 그녀가 고맙다는 말을 남기고 나가면, 침대에 쓰러지듯 눕는다. 현실에서도 계속되는 따끔한 느낌. 아직도 감정이 삼켜지지 않아 눈을 감는다.

 그 후, 범인을 잡았다는 서형사의 연락이 왔다.

"네 덕분에 죽은 민정이도 편히 가게 됐다."
 장례식장에서 민정 어머니의 말. 아무 말도 못 하고 장례식장을 나와 건물 밖에서 또 한참을 운다. 한동안 멍하니 안 된다는 말만 되뇌이면서...

검거 후 즉시 종신형에 처해진 살인마. 다시는 세상에 못 나오겠지만, 그런 놈을 살려두다니... 정의는 실현됐지만, 후련하지 않다.

"모나야."
"형사님 오셨어요?"
 서형사와는 같은 아픔을 공유한 친구로 지내게 되었다. 진술을 통해 범인이 김무건 형사를 경찰인 줄 모르고 죽였단 사실이 밝혀졌다. 쾌락 살인. 그는 인간을 재미로 죽였다.
 메타버스에서 나비 연쇄 살인범이 살인 연습을 한 사실이 알려지면서, 연신 뉴스에서도 이 문제를 심각하게 다뤘고, 온갖 토론회가 계속 이어졌다. 명백한 해결책은 나오지 않았다. 여전히 흥행 중인 메타버스. 새로운 메타버스도 계속 나온다. 플링 메타버스는 이번 일을 계기로 더욱 유명해져, 폭증한 접속자로 인해 접속이 잘 안될 정도. 규제보다 막을 수 없는 인기가 먼저였다.
 나는 오늘까지 메타버스에 접속하지 않았다. 접속할 수가 없다.
"지나갈 일은 어쩔 수 없어. 산 사람은 살아야지."
"어떻게 그럴 수 있어요..."
 그녀는 취조실에서처럼 내 어깨를 다독여준다.

 집으로 돌아온 나는 짐 정리를 시작한다. 도저히 이대로 지낼 수는 없을 것 같아서, 본가로 돌아가야지...
 어느덧 책상 앞에 서서 민정이의 필기 공책을 바라보고 있는 나. 펴 보면, 민정이의 단정한 글씨들. 간간이 내가 쓴 낙서도 보인다.

'너 게임만 하다 대학 못 간다?'
'게임 아니고 메타버스!'
'게임이나 메타버스나, 같이 새내기 하기로 했잖아.'
또 다른 종이에도 낙서가 쓰여있다.
'대학 가면 뭐할 거야?'
'CC? 축제? 다 재밌겠다.'
읽다가 감정이 북받쳐 바닥에 주저앉는다.
대학에 가야겠다. 민정이와 내가 가려고 했던 대학을...

본가 대신 노량진 고시원으로 이사했다.
플링 메타버스 기계는 상자 안에 고이 넣었다. 상자 위로 테이프를 붙이고 고시원 장롱 위에 올려놨다.
창 밖으로 낙엽이 지고, 눈이 내리고, 꽃이 피고, 비가 내리고...
진눈깨비가 날리던 날, 나는 수능을 봤다.
가채점 결과... 상향 지원 가능.
민정아, 내가 해냈어!...

"모나 언니, 점심은요?"
"먼저 집에 갈게!"
나는 꿈꾸던 새내기가 되었다. CC를 목 놓아 부르던 나는 여대에 입학했다. 민정이가 가고 싶던 학교에 내가 가고 싶었던 과로.
 오늘은 고시원에서 학교 앞으로 이사하는 날.
 짐을 다 풀고 상자 하나만 남았다.
 먼지 가득한 상자의 테이프를 떼어내면, 안에는 오랜만에 보는 플링 메타버스 기계가 들어있다. 이미 구식이 되어버린 기계. 바닥에 누워 기계를 이마에 붙이자, 눈앞에 익숙한 글씨가 나타난다.

[접속하시겠습니까?]

 글씨 위로 손가락을 가져가면, 지지직 소리.
 업그레이드된 그래픽에 기계가 못 따라가 렉이 걸린다.
 설정에서 화질을 낮추고 다시 접속하면, 사후세계.
 내 상태는 여전히 나비 연쇄 살인범한테 죽은 그대로다.
 [이어하기]와 [새로 태어나기] 중, [새로 태어나기]를 고른다.
 이어지는 첫 선택 화면.
 범인이 접속했던 공주, [발이 뒤바뀐 뉴로우]가 보인다. 내 1.5회차 인생...
 고등학교 시절 촉망받던 이과 영재였다던 살인범. 어느 순간 자신의 존재가 묻히자 죽이기를 시작한거라고...
 뒤바뀐 발이 눈에 밟힌다. 그의 인생도 오류가 난 걸까?
 범죄도 선택에 의한 결과. 오류 난 인생두 똑바로 살 수 있다. 랜덤으로 시작 하려넌 나는 공주를 선택한다.
 여전히 발은 왼쪽과 오른쪽이 뒤바뀌어 있었지만, 어쩐지 그 모습이 더 마음에 든다. 이름 모나. 서버는 21세기 서버. 나의 1.5회차 인생이 다시 시작되려 한다.

"탐정님!"
"초등학생?"
"초등학생이라뇨! 저 이제 중학생이라고요."
도우리도 나를 따라서 21세기로 왔다.
"맙소사. 졸업과 입학 축하해, 중학생."
"탐정님, 근데 발이..."
"이 세계에서 유일할 걸?"
도우리에게 뒤바뀐 발을 자랑스럽게 보인다. 징그럽다며 도망치는 도우리. 나는 짓궂게 웃으며 그 뒤를 쫓는다.
하나도 변한 게 없는 플링 메타버스. 있다면 내가 도로 레벨 9가 되었다는 사실 뿐이다.

2장. 대저택에서

쪽지 창에 알림이 떴다. 벨라지오 수영장 살인사건 이후 처음 이자, 모나로서는 오랜만에 받는 미션이다. 재빨리 손으로 알림창을 선택하자, 쪽지가 열리며 빨간색 글씨로 적힌 미션이 보인다.

[직업을 가지세요.]

 직업? 그제야 모나가 직업이 없는 레벨 9짜리 뉴로우인 게 생각난다. 플링 메타버스에서는 뉴로우의 레벨이 높아질수록 미션이 있다. 미션은 각 뉴로우마다 다르게 전달된다. 모나가 레벨 5일 땐 [책 1000권을 읽으세요.] 미션을 받았다. 왜 그런 미션이 주어졌는지 알 순 없었다. 알고리즘이 모나를 움직이기 어렵다고 판단했을 수도 있다. 모나의 발은 양쪽이 반대로 되어있으니까.
 직업을 가지는 일은 간단하다. 원하는 직업을 갖기 위해 '노력'하면 된다. 미션을 위해 탐정 사무소를 차리기로 마음먹은 후 한 일은 부동산에 가기. 지금 사는 곳과 가까운 시내에 사무실을 구하고 싶다. 이왕이면 세련되고 멋진 곳으로!
 플링 메타버스는 벌써 여름이다. 반팔, 반바지로 갈아입고 길을 걸으면, 팔꿈치를 스치고 지나가는 바람이 끈적하다.

"얼마 있으시다고요?"
"음... 350딜 정도요. 다음 달 까지 합치면 400딜?"

여기서는 돈을 딜이라 부른다. 1딜이 천원 정도다.
"대출은 받을 수 있으세요?"
"보시다시피 아직 직업이 없어서요."
"지금 사는 집은 얼마세요?"
"보호의 집에서 살고 있어요."
"보증금이 없는 곳으로 가셔야겠네."
 빨간색 엑스 표시가 된 파일을 옆구리에 끼고 앞장서는 부동산 업자. 그의 뒤를 졸졸 따라가면, 어쩐지 사는 곳과 점점 멀어진다.

"여기만 오르면 돼요."
"이 서버에서 언덕은 처음 보는 것 같아요."
"웬만하면 이쪽에서 살진 않죠."
"평지는 없을까요?"
 파일 안에 있는 종이를 **쫙쫙** 뒤로 **넘**기는 그. 종이기 찢어지는 게 아닐까 싶을 정도로 큰 소리다. 마침내 오른손 검지로 종이를 **딱** 치더니, 내 손목을 잡고 어디론가 이끈다.

"여긴 평지예요. 약간 하자가 있는데, 지금 가진 돈으론 최상의 위치고."
 다시 시내의 고층 건물이다. 온통 유리로 만들어져 휘황찬란한데... 출입문을 밀고 나오는 사람마다 피곤에 찌든 표정이다.
"그 하자가 뭐예요?"
"엘리베이터가 없어요."

"네?"

"44층인데, 가보실래요?"

"아, 아니요. 저는 저층이 좋아요. 지하도 좋고."

 아... 그러세요? 라는 아쉬운 목소리가 들렸지만, 애써 모른척한다.

 보호의 집은 레벨 10이 안 되는 초보 뉴로우들이 머무르는 임시 거처. 마침 그 집을 나가야 할 때도 됐는데, 돈이 없어서 이고생이다. 모나는 책만 읽으면 레벨 업이 되는 바람에 돈을 모을 새가 없었다. 곤란한 듯 다른 업자와 통화를 시작하는 그. 옆에 멀뚱히 서서 주변을 둘러본다. 이렇게 건물이 많은데, 설마 내 사무실 하나 없을려고.

 그가 마지막이라며 보여준 집은 입구가 보이지도 않는 지하. 그냥 포기하고 끝냈다. 이제 어떻게 하지?

"조심하세요!"

 퍽. 날아온 축구공을 미처 피하지 못한 내가 바닥을 나뒹군다. 머리 위로 별이 보이는 기분. 뒤집어진 시야로 [월세 200딜] 표시가 보인다. 200딜?

 벌떡 일어나 돌아보면, 공원 후문에서 다섯 걸음 떨어진 곳에 위치한 단독주택. 한눈에 봐도 작지만, 뉴로우 2명에게는 충분하다. 주위를 돌며 집을 살피면, 내 키만 한 담벼락 너머로 보이는 작은 텃밭. 붉은 벽돌에 파란 지붕이 꽤나 인상적이다.

"괜찮으세요?"

사과하러 온 꼬마에게 고맙다고 하며, 200딜이라고 적힌 아래쪽의 번호로 전화를 건다.

 집 안으로 들어가면, 갈색 나무 바닥에 포근한 베이지색 벽지. 바닥 색과 비슷한 테이블과 의자, 그리고 색바랜 노란 소파가 나란히 놓여있다. 오른쪽 벽에 난 창문에서 하얀색 레이스 커튼이 바람에 나풀거리는 모습. 이곳에서 의뢰인을 만나 사건을 해결하는 상상을 해 보면, 어쩐지 일이 잘 풀릴 것 같은 예감이 든다.
 이 건물의 건축가인 집주인은 자기 스스로 집을 내 놓고, 사러 올 누군가를 기다리고 있었다. 이곳을 탐정 사무소로 꾸밀 예정이라고 하자, 매우 기뻐하며 계약까지 일사천리였다. 'good luck for you,' 라고 쓰인 작은 화분까지 선물로 줬다.

 보호의 집에 있던 약간의 짐을 가져와 사무실을 대충 채우고, 계약하고 남은 돈으로 커다란 투명 칠판을 하나 산다. 추리 소설에서 형사들이 칠판에 사건 관련된 정보나 사진을 붙이며 추리하는데, 나도 해보고 싶어서.
 사무실 정리를 마친 후 드디어 도우리를 부른다.
 벨라지오 수영장 살인사건 직후 각자 경찰서에서 참고인으로 조사받으며 연락해야 해서, 연락처를 교환했다.
 물론 직접 만난 적온 없다. 플립 메타버스 사람을 현실에서 만나는 경우는 극히 드물다.

"탐정님, 더 멋진 건물에서 일해야 하지 않아요?"
"도우리 씨. 한 푼이라도 보태고 말하는 거야?"
"아이, 참~ 보다 보니 사무실이 마음에 쏙 들어요~"
도우리는 사무실이 생긴 게 내심 좋은지, 계속 돌아다니며 이곳저곳 둘러본다.
"이거 우체통 아니에요? 너무 고물인데~"
고개를 갸웃거리며 대문 앞의 우체통을 만지작거리는 도우리.
"도우리 씨는 낭만을 몰라."
"낭만이 밥 먹여줘요? 이번 달 제 월급은 주실 거죠?"
"간판을 달아볼까나?~"
무시한 채 간판을 들고 사다리를 오른다.
〈모나의 탐정 사무소〉를 달면, 모든 준비 끝. 이제 넘치는 사건 의뢰를 받을 차례. 그렇게 순탄할 줄 알았는데...

"알렉스 어디 있니~ 알렉스~"
겨우 맡은 사건이, 잃어버린 강아지 찾는 일. 할일없이 공원을 배회하다 우연히 강아지를 찾는 주인을 만났다.
찾으면 준다는 100딜에 혈안이 되어 찾기 시작한 지 3시간째다.
"목줄도 벗고 어디로 갔을까요?"
"목줄을 벗을 줄 안다면 분명 똑똑한 강아지일 거야."
"그러니까 어디..."
"쉿."
오른손 검지로 도우리의 입을 막는다. 8시 방향 풀숲에서 알렉스의 연갈색 털을 봤다. 조용히 뒷발을 들고 풀숲으로 다가가면, 알렉스의 뒤뚱거리며 흔드는 엉덩이. 그 앞에는 때가 탄 하얀색 유기견이 있다. 아마 알렉스는 유기견에게 반해 여기 있는 게 틀림없다.
"도우리 씨. 얼른 주인한테 연락해."
"네."
 강아지 찾기가 일단락됐다. 알렉스의 주인은 유기견도 함께 데리고 집으로 돌아갔다. 물론 우리에게 100딜을 주는 것도 까먹지 않고.
 이날 이후, 사건 의뢰는 전부 반려동물을 찾아달라는 것들뿐. 집 밖으로 나간 고양이, 어깨에서 날아 가버린 앵무새, 심지어 동물병원에서 탈출한 애완용 뱀까지...

"의뢰는 그만 받고, 저희가 사건을 찾는 건 어때요?"
 스테이크를 썰던 도우리의 뜬금없는 말. 동물을 찾아주는 시건을 맡은 덕분에 이렇게 비싼 레스토랑에 와서 저녁 식사도 하는데, 사건을 찾는다니? 흥미로운 표정을 지으며 쳐다보면, 도우리가 테이블보 위에 데이터 조각 하나를 올린다.
"대저택 유령 대소동? 이게 뭐야?"
"밤이 되면 아스카 호수 위에 대저택이 떠오르는데, 거기 유령이 있대요."
"유령? 에이, 메타버스에 무슨 유령이야~"
 순간 나도 모르게 뜨끔. 무서워 공포영화도 못 보는 나에게 유령은 난이도가 높아도 정말 높은 사건이나. 내 속을 아는지 모르는지, 도우리가 신이 나서 계속한다.
"진짜래요. 물건이 마구잡이로 날아다니고, 어린 여자아이 유령이 돌아다닌다던데?"
"버그 아니야? 무슨..."
"유령의 정체를 밝혀내는 사람한테 사례금 만 딜 준대요."
"만 딜?"
"제가 찾아온 거니까 사례금은 반으로 나누는 거예요."
"생각 좀 해보고."
"아 진짜, 탐정님!"
레스토랑이 떠나가라 소리를 지르는 그에게 진정하라고 손사래를 쳤다. 장난이라고 하니 슬쩍 내 눈치를 보고 다시 스테이크를 맛있게 먹는다. 나도 먹기나 계속 해 볼까?
부드럽고 입 안에서 살살 녹는 스테이크. 돈 없을 때 먹었던 통조림 고기랑은 차원이 다르다. 이래서 메타버스에서도 돈이 필요하다니까~ 진한 불향에 입맛이 더욱 돈다. 잠깐만, 불향??
"나 지금 냄새가 맡아지는데, 뭐지?"
"이번에 업그레이드되면서 후각 기능 적용됐잖아요, 모르셨어요?"
업그레이드를 자동 설정으로 해놔서 몰랐다. 갑자기 처음 맛을 느낄 수 있게 됐을 때도 신기했던 기억이 난다.
내가 스테이크에 코를 박고 냄새를 맡자 그가 말을 덧붙인다.
"실제의 80%정도 수준이래요. 이제 진짜 현실 같아요."
도우리의 말대로였다. 불향, 옆 테이블 남자 스킨 냄새,

그리고 다 먹고 나가는 여자 옷에서 나는 달콤한 와인향까지... 전부 맡을 수 있었다. 나는 홀린 듯이 웨이터를 불러 와인을 주문했다. 도우리가 달라고 했지만, 메타버스에서도 미성년자에게 술 아이템은 선택 불가다.
 저녁 식사를 마친 후 내일 다시 만나기로 하고 헤어졌다.

"탐정님, 오셨어요!"
 팀플과 과제로 머리가 무거워질 때 쯤 다시 메타버스에 접속했다. 도우리가 기다리고 있다.
"아스카 호수까지 가려면 걸어서 20분인가?"
"제가 지름길을 알아요. 따라오세요."
 도우리가 안내한 길은 공원 후문에서 아스카 호수까지 채 10분도 걸리지 않는다. 어떻게 알았는지 물으니 사촌 형이 알려줬단다. 컴공과라 달라도 다른건가? 고개를 갸웃거리며 계속 그를 따라간다.
 돌담길을 지나자 아스카 호수가 보인다. 현실의 석촌 호수만한 크기. 달이 뜨면 호수 밑에서 대저택이 떠오르는 걸로 유명한 곳이다. 플링 메타버스에는 서버 안에 신기한 건축물들이 존재한다. 이 대저택도 그 중 하나다.
 근처 의자에 앉아 해가 지길 기다리면, 곧 호수 아래서 흰색의 대저택이 웅장한 모습을 비추며 올라온다.
 생각보다 큰 크기에 자못 놀라며 대저택 문 앞으로 가면, 누군가 밖으로 나온다.
"안녕하세요, 오늘 오신나고 하신 탐정님괴..."
"조수 도우리입니다!"

"도우리 씨. 반가워요. 저는 마담 셰리. 편하게 셰리라고 부르시면 돼요."
"모나 입니다."
 리본이 잔뜩 달린 고풍스러운 하늘색 드레스를 입은 마담 셰리. 단정하게 빗어 아래로 묶은 연갈색 머리엔 남색 나비 장식을 꽂고, 온화한 미소를 띄고 있다. 마치 유화를 보는 듯, 머리부터 발끝까지 우아한 모습에 괜스레 내 캐주얼 옷이 부끄러워진다. 뻘쭘히 청바지를 매만지자, 마담 셰리가 웃으며 저택 안으로 안내한다.

"아시다시피 대저택은 달이 지면 호수 아래로 가라앉아요. 그러니 해가 뜨기 전에는 나가셔야 해요."
 그 말에 대답하며 대저택 안을 스윽 훑어본다.
 외부는 낡았는데, 안은 새 건물처럼 깨끗하다. 전부 로코코 양식으로 꾸며진 거실. 왠지 마담 셰리와 잘 어울리는 가구들이다. 위에 먼지 하나 없는 모습은 감탄이 날 정도.
 마담 셰리는 우리를 소파에 앉힌 후, 아기 천사가 그려진 하얀 찻잔에 캐모마일 차를 낸다.
"소문은 들었습니다. 이 집 어디에서 유령을 보셨는지요?"
 내 질문에 팔을 감싼 채 난처하단 표정을 짓는 마담 셰리.
"...꼭대기에 다락방이 있어요. 처음에는 그곳에서만 보였는데, 여기 오는 사람들이 많아지니까 점점 아래층으로 내려오는 것 같아요. 저는 유령이라면 딱 질색이라서 이제 1

층에서만 지내는 상태고요. 이게 정말 유령인지, 아닌지를 밝혀주셨으면 해요."
 "걱정마세요. 실력 좋은 탐정님이 해결하실 겁니다."
 옆에서 호언장담하는 도우리 덕분에 더욱 긴장이 된다. 유령이라면 나도 딱 질색인데 이를 어쩐담...
 마담 셰리에게 방에서 쉬고 계시라고 한 후, 대저택을 찬찬히 살펴보기로 한다. 무작정 다락방부터 가는 것보단 1층먼저 둘러보는 게 좋을 것 같았다. 절대 무서워서 그런 것은 아니다.

 1층에 수상해 보이는 건 하나도 없다. 음침한 나무 계단이 무서워서, 괜히 이것저것 들추고 있는데, 도우리가 눈치채고는 답답했는지, 말도 없이 앞장서 계단 위로 올라가 버린다.
 정적으로 가득 찬 1층. 팔뚝에 소름이 오소소 돋은 나는 빠른 걸음으로 2층으로 향한다.

"꺅!"
 내 앞에서 도우리의 비명소리. 벌어진 입을 다물지 못하고 있다.
 2층 거실을 채우고 있는 건 구체 관절 인형. 사람과 1대1 비율로 크기가 같은 인형들이다. 하나도 아니고 수십 개의 구체 관절 인형이 나와 도우리를 쳐다본다. 개중에는 아직 눈이 안 달린 인형도 보인다. 다리가 후들거려 슬그머니 도우리의 뒤로 숨는다.

"마담 셰리의 직업인가 보네요."
"직업?"
"인형 조형사요. 마담 셰리의 직업은 인형 만드는 사람이라 하더라고요."
"설마 움직이진 않겠지?"
"혹시 또 모르죠? 사실 모든 게 마담 셰리의 자작극일지... 아얏! 왜 때려요!"
네가 무서운 소리를 하니까 그렇지. 가자미 눈으로 째려보니까, 도우리가 알았다며 나를 달랜다.
한시라도 빨리 여기서 나가기 위해, 눈앞에 보이는 문을 연다.
침대가 2개 놓여있고 간단한 잠옷이 준비 되어있는 걸로 보아 손님방 같은데, 유령은 없다.
우리는 다락방에 가기로 한다.
대저택 3층, 복도 오른쪽 끝방에서 사다리를 타고 올라가야 있는 곳. 3층은 다행히 구체 관절 인형이 없는 대신, 음침하게 늘어진 복도를 지나가야 한다.

"뭐야."
"뭐가요?"
"방금 나 쳤잖아."
"안 쳤는데요."
그게 무슨 소리냐고 입을 떼기도 전에 누가 다시 다리를 치는 느낌. 황급히 뒤를 돌아봐도 아무도 없다.
몸이 얼어붙어 꼼짝도 할 수 없다. 도우리가 왜 그러냐며 묻는데도, 나는 눈동자만 옆으로 돌리고 있을 뿐이다. 분명 누군가 날 쳤다.
"여기 분명히 누가 있어."
"탐정님, 무섭게 왜 그러세요."
"누군가가 내 종아리를 쳤어. 혹시 봤어?"
"아니요?... 아악!"
도우리가 갑자기 머리를 감싸면서 소리 지른다.
"방금... 누가 제 머리를 쳤어요!"
나와 도우리는 서로 등을 맞대고 주위를 살핀다. 아무리 봐도 이곳에는 우리 둘 뿐인데, 분명히 다른 누군가가 존재한다. 설명 불가의 상황이다.
머리를 굴리는데, 갑자기 창문이 활짝 열리며 저택 안에 불어닥치는 바람. 동시에 작은 소품들이 공중을 떠다닌다. 아니, 정확히는 누군가가 물건을 내 던지는 것처럼 바닥에 내리꽂힌다.
창문 옆 서랍장 아래로 보이는 어린아이의 발.
날아오는 물건들을 손으로 쳐내면서 서랍장에 다가가면, 서랍장은 텅 비었고, 그 뒤론 벽만 있을 뿐이다. 손을 뻗어 밀어보면, 꿈쩍도 안하는 벽. 절대로 열릴것 같지 않다.
마치 아무 일도 없었던 듯 다시 조용해진 복도.
도우리와 시선을 교환하며 의아해 하는데, 열려있는 창문만이 방금전 그 난리가 실제 했었다는 걸 알린다.

3층 오른쪽 끝방.
문이... 잠긴 채 열리지 않는다. 마담 셰리는 잠겨있는 빙은 하나도 없다고 했는데? 실제로 이 문고리에도 열쇠 구멍이 없다.
"이게 도대체 뭘까요?"
밖으로 나가 창문으로 들어가야 할까? 너무 위험하다. 지붕 위로 올라가서 굴뚝으로 내려가는 건 더 위험하고...
생각에 잠겨있는데, 도우리가 손뼉을 치며 말한다.
"부수죠. 받은 사례금으로 수리 해주면 되잖아요?"
"아니 그래도..."
말리려 뻗은 내 손이 무안할 정도로 빠른 도우리의 발차기 속도. 이래도 되나 싶었지만 달리 방법이 없다. 2번 정도의 발길질에 문이 우지끈 앞으로 넘어간다.

...끼이익, 흑흑흑...

어두컴컴한 방안에서 들리는 이상한 소리. 아무것도 보이지 않는다. 도우리 옆에 바짝 붙은 채로 들어갈수록, 기이한 소리가 점점 커지는데...
갑자기 누군가 내 발목을 잡는다!! 용기를 내 발목을 잡은 그 손을 붙잡아 올려보면, 방금 생성된 듯한, 레벨 2짜리 뉴로우다. 이어 손 쓸 새도 없이 그 뉴로우가 사라진다. 도대체 이 무슨 귀신이 곡할 노릇?!
"처음 시작 장소는 시내 광장일텐데, 왜 여기 있지?"
"어떻게 사라진 걸까요?"
"아마 강제로 접속을 끊었을거야. 접속을 끊으면 메타버스에서도 사라지니까."

실마리를 찾은 것 같다. 방을 더 뒤져보려는 찰나, 1층에서 부르는 마담 셰리의 목소리가 들린다.
"여러분, 내려오세요. 곧 해가 떠요."
아쉽지만 내일을 기약해야 한다.

인사하고 밖으로 나오면, 금세 물속으로 사라진 대저택. 원래 아무것도 없었다는 듯 호수가 조용하다. 마치 내 눈앞에서 사라진 그 뉴로우처럼.

"탐정님, 내일도 접속하실 거죠?"
"물론. 아, 맞다. 내일은 팀플이 있어서 안 될 것 같아."
"티티티티팀플이요??"
"그게 그렇게 놀랄 일이야?"
"진짜 대학생 같아서요."
"그럼 내가 가짜 대학생인 줄 알았어?"
투덜거리며 사무실까지 걸어와 접속을 해제한다. 뉴로우는 접속을 끊은 장소에서부터 다시 시작할 수 있기에, 대게 플레이하기 가장 편한 장소에서 접속을 끊는다.
현실은 오전 10시. 알림창에 [플링 메타버스 초과 접속]이라는 경고 쪽지가 떠 있다. 업그레이드 때 뭔가 접속 시간 제한 규정이 또 바껴서 인듯 싶다. 자동 업그레이드 설정을 해제하든지해야지 원,
1시에 전공과목 강의. 그 이후에는 팀플.
나이가 많다는 이유로 조장을 맡았는데, 팀플은 역시나 힘들다. 팀원끼리 의견 조율도 안 되고, 심시어 모임에 나오

지 않는 팀원 치닥거리에 골치다.

"모나야!"
 민지다. 범죄 심리 강의를 같이 듣는다.
"한 달 후에 중간고사라는 게 말이 돼? 고등학교도 아니고, 어떻게 공부해야 할지 전혀 모르겠어~"
 막막한 건 나도 마찬가지다. 강의 내용이 마치 외계언어를 듣는 것 같으니까. 그래도 범죄자의 심리를 배우는 건 재밌다. 이 강의가 끝나면 나비 연쇄 살인범이 범죄를 저지른 이유를 알게 되지 않을까 하는 믿음이 생겼다.
 플링 메타버스 덕분에 친해진 민지. 유럽 중세 서버에서 연금술사인데, 직업 때문에 마녀로 몰려 화형 당할 뻔했지만, 백작의 도움으로 무사했다고 한다. 그녀의 이야기를 듣고 있으면 같은 플링 메타버스를 하고 있는 건지 헷갈릴 때가 있다. 그만큼 서버가 너무 다르다.
 민지도 그렇고, 메타버스 하는 친구를 만날 때 마다 내가 벨라지오 수영장 살인사건을 해결했다는 말이 목구멍까지 올라오는 걸 참는다. 소설에서도 자기 업적을 떠벌리는 탐정은 본 적 없으니까.

"학식 먹고 갈꺼지?"
"응, 오늘도 돈까스?"
"콜."
 강의 후 밥을 먹으러 간다. 30일 중 20일 동안 돈까스가 나와서 돈까스 집이라고 불리는 곳. 나는 미역국이 나오는 정식 A. 민지는 돈까스가 나오는 정식 B다. 볕 잘 드는 창가 자리에서의 식사 후, 민지와는 헤어진다.

 오늘은 준비해 온 자료를 추합하고 ppt를 함께 만들기로 한 날. 나는 발표랑 몇 가지 지표 정도만 준비했다.
 인문관 1층 카페에는 와 있는 사람이 4명... 팀원이 다 온 거 같아서 안심이다. 곧바로 서로 가져온 자료를 확인한다.
 인터넷에서 긁어온 미심쩍은 내용들, 조잡한 수식들, 주제에 벗어난 혼자만의 자료까지... 이걸 어쩌면 좋지?
 내 낯빛을 보던 팀원 중 한 명이 조용히 손을 든다.
 "제가 비슷한 주제로 A+ 받은 발표 자료를 가져왔는데요."
 구세주의 등장에, 모두가 찬사를 보낸다.
 어디서 났는지를 물어보면, 타 대학 한 학년 위 남친 얘기. 아, 이래서 연애들 해야 하는 걸까? 오늘도 솔로인 내 가슴에 비수가 날아든다. 하지만 이런들 어떻고 저런들 어떠하리. 마침내 작업 시작! 주제를 정한 후, 각자의 자리에서 팀플에 들어간다. 그렇게 저녁 늦게가 되서야 ppt 자료를 완성! 첫 번째 팀플 과제치곤 잘 한 것 같다. 내일까지 발표문을 공유하기로 한 후 자취방에 돌아와 곧바로 침대에 쓰러진다.
 내일 아침에 일어나서 마무리하자. 모레 발표니까 충분해. 발표라면 플링 메타버스의 의뢰인들 앞에서 숱하게 하기도 했고... 내려오는 쌍커풀이 무겁다. 양치는 치고 자야 하는데... 의지와 멀어지던 시야가 결국 까맣게 닫힌다.

다음 날.
일어나보니 방 바닥. 이건... 도대체 잠을 어떻게 잔 거야?
씻고 편한 옷으로 갈아입은 후, 노트북을 챙겨 카페로.
할 일 투성이다.

학교 앞이라 종종 마주치는 동기들.
아이스 아메리카노로 혈관에 카페인을 주입해가며 발표문을 다 쓰면, 어느덧 오후 3시를 넘어간다.
뭔가 좀 먹으려고 자리에서 일어나려는 순간, 띠링.
플링 메타버스에서 온 메시지 알림음이다.

[저택에 있던 유령이 마담 셰리를 공격했어요.]

도우리의 메시지. 유령이 공격을 하다니, 좋지 않은걸?
배고픔도 잊은 채 자취방으로 헐레벌떡 돌아와 플링 메타버스에 접속한다.
사무실에서 눈을 뜨면, 지름길을 통해 대저택으로. 호수 근처에 도우리에게 안긴 채 누워있는 마담 셰리가 있다.
나를 본 마담 셰리가 힘겹게 몸을 일으킨다. 하얀색 레이스가 수놓아진 실크 드레스에 하얀색 앙고라 숄을 두른 모습. 괜찮아 보이는데?...
그녀의 설명에 따르면, 평소와 다름없이 1층 부엌에서 차를 마시고 있었다. 뜨거운 물을 찻주전자에 붓고, 찻잔을 꺼내는데, 2층에서 물건 떨어지는 소리가 들렸다. 인형들 때문에 가지 않을 수가 없어서 가보면, 아무것도 없었다. 그 유령인가? 어쩐지 기분이 나빠져 도로 내려가려는 순간. 뒤에서 날아온 둔탁한 무언가에 맞고 정신을 잃었다. 발걸음 소리가 두 명 이상이라는 게 마담 셰리의 마지막 기억이다.

"도망가는 발소리가 한 명은 다다다, 다른 한 명은 도도도 이런 식으로 뛰어갔어요."

성별도, 나이도 알 수 없지만, 유령이 아니라는 건 확실하다. 게다가 마담 셰리가 맞은 부위에 별다른 상처가 없는걸로 봐서, 해를 가하려던 목적은 없었던 것 같다.

도우리에게 마담 셰리를 맡기고, 대저택 안으로 들어간다. 여기선 화형을 당하더라도 시작 지점으로 돌아갈 뿐이지만, 그 감각은 찝찝할 만큼 리얼하나. 그냥 다 관두고 추리소설이나 읽어야 할까?... 혼자 들어가는 일만큼은 없었으면 싶었는데, 탐정으로서의 할 일은 해야하니 어쩔수가 없다.

부엌엔 아직 김이 피어오르는 찻주전자의 모습. 곧장 다락방이 있는 3층으로 올라간다.

다행히 이전처럼 창문이 열리거나 물건이 날아다니지는 않는다. 천장에 달린 손잡이를 잡아당기면, 다락방으로 올라가는 사다리가 툭 떨어진다.

앞이 보이지 않을 정도로 어두운 다락방.

이 달콤한 냄새는 뭐지?? 녹아버릴 것 같은 단내가 진동한다. 한 손으로 코를 막아 쥔 채 인벤토리에서 랜턴을 꺼내 안쪽을 비춘다.
"안돼!"
 여자 목소리. 이어 빛줄기에 소라빵 모양 머리카락의 뉴로우가 빠르게 다가오는 모습이 보인다. 너무 무서운 나머지, 손에 쥔 랜턴을 필사적으로 휘두르는데... 그 와중에 뉴로우가 맞고 쓰러져 앓는 소리를 낸다.
"린다! 괜찮아?"
 또다른 뉴로우가 나타나 소라빵 머리를 부축해 일으킨다. 어리둥절해져서 그 둘을 쳐다보면, 마주 노려보며 경계 태세를 갖추는 둘. 두 주먹을 앞으로 내밀었는데... 내민 주먹을 미세하게 떨고 있다. 이건... 어린 아이들 느낌인데??
"너희는 누구야? 왜 여기에 있어?"
"...우리는 폴을 지키고 있어요."
"말하면 어떡해!"
"해결책도 없잖아. 난 더 이상 숨어지내기 싫어. 도와달라고 할래."
 두 뉴로우가 알 수 없는 이야기로 내 앞에서 다투기 시작한다.
 하라주쿠에서 볼 법한, 분홍색과 검정색 체크로 도배된 원피스 차림 뉴로우는 린다. 레벨 10을 넘겼다. 말 할 때마다 소라빵 모양으로 생긴 양갈래 머리카락이 올라갔다 내려갔다를 반복한다. 카이는 레벨 7에 초등학교 저학년이 연상

되는 모습인데, 아마 현실의 자기 모습과 최대한 비슷하게 맞춘 듯 하다. 옷은 기본 복장만 입었다.
"무슨 일인지 얘기해 줄래? 도울 수 있으면 도와줄게."
"이것 봐! 도와준다잖아!"
"처음에 폴도 저렇게 말했어. 지금은 아니지만..."
린다의 말소리가 점점 작아져 이내 들리지 않는다.
 나는 린다와 카이가 궁금해졌다. 이들은 왜 대저택에 숨어 지내는 것일까? 그리고 도대체 폴은 누구일까?
"린다. 카이. 내 이름은 모나. 이세계 탐정이지."
 너무 만화영화 같았나? 머쓱하게 뻗은 오른팔을 슬그머니 내리는데, 카이가 더욱 호기심 가득한 눈동자로 나를 바라본다.
"누나, 탐정이에요?"
"그래. 벨라지오 수영장 살인사건을 해결한 게 나야."
 탐정이라고 불러주는 바람에, 사랑을 해버렸다. 여긴 소설이 아닌 메타버스니까, 이러는 편이 나을지도...
"현실에서 범인이 잡혔다고 한동안 뉴스에서 완전 떠들썩했었는데~ 너희 뉴스 보지??"
 어째 얘네 표정이 뉴스는 안보는 것 같다. 하지만 내 호들갑을 보며 완전히 마음을 놓은 듯, 둘은 돌아가며 내게 질문을 했다. 그리곤 머리를 맞대고 무언가 의논하기 시작하는데... 뭔 얘긴지 하나도 들리지 않아서 고개를 쭉 빼고 둘에게 다가간다.
 소곤소곤. 내 몸이 둘에게 자꾸만 기울이지던 그때, 카이가 내게 말한다.

"폴이 어떻게 된 건지 알아봐 줄 수 있어요?"

동시에 다락방 창문을 가리던 천을 걷어낸 린다. 보름달 빛이 다락방에 비춰들면, 구석에 누운 뉴로우의 모습이 희미하게 보인다.

체크 남방에 청바지를 입고, 얼굴은 신문지로 덮혀 있다. 얼굴을 덮은 신문지를 조심히 치워내면, 검게 변색된 20대 남자 얼굴이다. 잠을 자는 것처럼 보이지만, 이 뉴로우는 의식이 없는 상태다. 접속이 끊기면 플링 메타버스에서 사라져야 한다. 뉴로우인 채 계속 존재한다는 건, 접속이 끊기지 않았다는 의미.

"왜 이렇게 된 거야?"

린다가 머뭇거리는데, 카이가 비집고 들어와 다시 뉴로우의 얼굴을 신문지로 덮는다. 언짢아 보이는 표정이다.

"...팡팡 때문이에요."

카이가 말하며 가리킨 곳을 따라가면, 작은 조각 하나가 바닥에 떨어져 있다.

"만지면 위험해요!"

다가가서 집었는데 내 허리춤을 끌어안고 막아선 린다. 찜찜한 기분이 들어 던져버린다. 어쩐지 손에서 달콤한 냄새가 나는 것 같은데, 팡팡이라는 것 때문인가?

내가 어떻게 된 일인지를 추궁하자, 이야기를 시작하는 아이들. 린다의 이름은 지연. 카이는 지호라고 한다.

친 남매인 지연과 지호는 1년 전 쯤, 집을 나왔다고 한다.

"아저씨한테 맞기 싫어서요."

이유도 없이 때리는 아저씨랑 살았는데, 죽을 것 같아서 도망쳤다고. 아저씨가 누구냐는 말에 침묵하는 아이들.

한참 만에 엄마가 사라진 후 부터 아저씨의 때리기가 시작됐다고 다시 입을 연다. 하룻밤 사이에 사라졌다고. 어디로 갔는지는 아무도 모르고. 아쉬웠던 건, 아저씨의 진짜 정체를 아는 사람이 엄마 뿐인데, 알 길이 없어져버렸다는 것 뿐이란다.

지연은 동생을 지키기 위해 집을 나가야 한다고 생각하게 됐고, 둘이 도망쳐서 동네를 서성거리고 있으면 경찰이 집으로 데려갔다. 맞고 또 나오고 하는 게 몇 번 반복되며 경찰을 피하기 시작했다. 경찰에게 아저씨가 때린다고 말해볼 생각은 하지 못했다. 이상하지만, 말 할 생각조차 하지 못했기 때문이었다. 맞는 건 싫은데, 말 하진 못하겠다. 도망쳐 나오면 붙잡혀서 다시 돌아가 맞는다. 이게 반복되다 보니 맞는 건 당연 하지만 당연하지 않는... 꼬리에 꼬리를 물다 제풀에 모르겠어서 아예 생각을 덮어버리게 됐다.

그러던 어느 날, 동네 밖 고속도로까지 나오는 데 성공한 둘. 모르는 자동차에 얻어 탄 끝에 마침내 그 동네를 탈출했다. 급해서 튀어나온 엄마가 기다리고 있다고 한 거짓말을 믿어줬다고 한다.

지연이 챙겨둔 약간의 비상금으로 편의점에서 삼각김밥을 먹으며 처음 며칠간을 보낼 수 있었다. 다행인 건 여름이라는 점. 밤이되면 놀이터의 놀이기구에 들어가 쪼그려 잠을 청했다.

"돈이 떨어져 굶는데, 동생이 빵을 훔쳤어요."
 식빵을 훔치다 직원에게 잡혔다. 경찰에 전화를 하려는데, 어떤 남자가 나타나 식빵을 대신 계산했다. 우유 2병을 더 산 남자. 그들은 함께 빵집 테이블에 앉았다.
"우유도 마시면서 천천히 먹어."
 둘은 빵과 우유를 게눈 감추듯 먹어 치웠다. 남자는 웃으며 빵을 더 사줬다. 어느 정도 배가 찼을 무렵, 남자가 이름을 물었다.
"지연이요. 얘는 제 동생 지호고요."
"그렇구나. 선생님 이름은 폴이야."
"폴?? 이름이 '폴'이라고요?"
"아하하... 재밌구나~"
 폴은 검은색 정장을 입고, 덩치가 커 험악한 분위기였지만, 목소리가... 너무나 따뜻했다.
"지호랑 지연이는 집 나온 거야?"
 순간 지연은 고민했다. 우리를 다시 집으로 보내면 어쩌지? 머뭇거리는데, 옆에서 지호가 손을 번쩍 들며 대답한다.
"네. 집에서 탈출했어요. 아저씨가 있는..."
"지호야!"
 지연이 말을 막는데, 폴은 연신 괜찮다며 지연을 안심시켰다.
"선생님이 지연이, 지호 같은 친구들이 지낼 곳을 아는데 같이 가볼래?"

더 이상 집에 붙들려 갈 걱정을 하지 않아도 된다는 말. 눈 녹듯 편안한 안심이 찾아들었다.
 폴을 따라 간 곳은 어느 커다란 오피스텔.
 방 여러개에, 각 방 마다 2층 침대가 있었다. 방을 받고, 씻은 후, 깨끗한 옷으로 갈아입고, 지연은 침대 아래층, 지호는 위층을 썼다. 이불에서는 포근한 냄새가 났다. 오랜만에 푹 잘 수 있었다.

"일어나자!"
 거실에서 폴이 깨우는 소리. 밖으로 나가보면, 거실에는 8명의 아이가 더 있다. 익숙한 듯 식판에 아침식사를 담고있는 아이들. 지연과 지호도 그들을 따라 한다.
 하얀 밥과 멀건 국, 다른 반찬은 없다. 하지만 식사 자체가 감지덕지인 분위기 속 모두들 허겁지겁 먹는다.
 다 먹은 순서대로 싱크대에 식판을 가져가는 아이들.
"동작 그만!"
 지호의 식판까지 들고가던 지연이 놀라서 보면, 폴이다.
"지연아. 자기 식판은 자기가 갖다 두는 거야. 알겠지?"
"네..."
"너희 둘은 저기있는 생활 규칙 부터 읽어봐."
 가리킨 곳은 벽 한쪽에 스카치 테이프로 붙여놓은 노트다. 〈하우스 생활 규칙〉제목 아래 비뚤빼뚤 손글씨로 적혀있는 내용들. 기본적으로 자기 일은 스스로 하라는 내용이다. 방으로 돌아가는 아이들을 보고, 들어가려던 지연을 폴이 부른다.

"지연이는 플링 메타버스 해봤어?"
 폴은 자신의 방으로 지연과 지호를 데려가, 플링 메타버스 기계를 보여주며 설명해줬다.
 모든 일은 그때부터 시작됐다.
 지연은 린다, 지호는 카이라는 이름의 뉴로우를 만들고, 플링 메타버스 안에서 폴이 주는 물건을 배달했다. 사탕 크기만한 은박지에 싸인 물건이었는데, 은박지는 절대 건드리지 말래서 안에 뭐가 들었는지를 몰랐다.
 배달 장소와 시간은 귓속말로 도착했고, 얼마 지나면 자동 삭제돼서 그 전에 배달을 마쳐야 했다. 아침 먹고 일을 시작하면 밤까지 했고, 끝났다고 말 해주기 전까지는 접속을 못 끊게 했다. 그렇게 일이 끝난 후에 저녁을 줬다.

"누나... 나 배고파."
"여기선 린다. 린다라고 불러야 한다고."
"배고프다니까!"
 끝날시간이 다 돼서 생 떼를 쓰는 지호. 하지 말라고 한 손으로 밀치면, 바닥에 엎어진 지호가 순간 사라진다.
 끝났다고 아직 안했잖아!!... 서둘러 접속을 끊고 나와보면, 방에 지호가 없다.
 거실 식탁에서 손으로 밥을 먹고 있는 지호의 모습. 곧바로 지호를 끌고 방으로 돌아가려던 찰나,
"뭐야?"
 처음 듣는 폴의 으르렁 대는 목소리. 지호를 끌고 다른 방으로 향하는데, 막아서는 지연을 아랑곳 않은 채 〈교육실〉

이라는 팻말이 달린방으로 들어가 문을 잠근다.
 그날 이후, 떼쓰는 일이 완전히 없어진 지호. 그 방에서 무슨 일이 있었는지는 끝까지 말하지 않았다.
 반년이 흐르고, 오피스텔이 몇 번 바뀐다.
 네 번째 오피스텔.
 폴이 아이들에게 '팡팡'이란 걸 보여줬다.
 액체 세제처럼 생긴 팡팡. 손톱으로 꾹 누르면 겉을 싸고 있는 막이 '팡'소리와 함께 터진다. 동시에 풍기는 달콤한 냄새와 함께 기분이 이상해지는 짧은 순간이 찾아든다...
 "...이상해. 이거, 이상하다고. 절대 하지 마."
 뭔지 몰라도 거부감이 든 지연. 그날부터 팡팡 배달은 시작됐다.
 그 후 반 년이 지나 현재. 이제는 팡팡만 배달한다.
 부쩍 플링 메타버스에서만 지내는 폴. 배달 중에 마주칠 때면, 달콤한 냄새를 풍겼다...
 어느 날 저녁. 더 이상 식사가 나오지 않았다.
 폴이 사라졌다.
 지호가 플링 메타버스의 어딘가에 쓰러져 있는 폴을 찾아내긴 했다. 폴의 뉴로우는 아무리해도 눈을 뜨지 않았다.
 폴이 사라지자, 다른 아이들은 곧바로 오피스텔을 떠났지만, 지연과 지호는 남았다. 낮에는 오피스텔을 지키며 폴을 기다렸고, 밤에는 플링 메타버스에서 폴의 곁을 지켰다. 눈을 뜨지 않는 폴의 뉴로우를 대저택에 숨겨놓은 채로...

 여기까지가 아이들의 스토리.

정리 해보자면, 가출한 둘을 메타버스에서 뭔지 모를 일을 시키며 거둔 폴이란 사람이 있는데, 뉴로우를 껍질처럼 남겨 둔 채로, 사라졌다. 이 폴을 탐정님이 찾아달라는 얘기다.
 갑자기 무슨 일이 생겨 접속이 끊긴 상황 인 것 같은데, 그렇다면 현실의 폴부터 찾아야 하지 않을까?
 하지만 맙소사, 이 두 아이는 범죄에 얽혀있는 것 같다.

"너희가 있다는 오피스텔은 어디야?"
"몰라요. 집을 옮길 땐 보면 안됀다고 고개도 못들게 해서."
소라빵 머리의 린다, 이제는 지연이 눈을 가리는 시늉을 한다.
"오피스텔에서 전화 할 수 있어?"
"...있어요. 그런데..."
카이였던 지호가 뜸을 들인다. 폴에게 더 두려움을 느끼는 듯 하다. 교육실에서 큰 상처를 받아서 그런걸까?
"집으로는 안 돌려보낼게. 약속해."
"알겠어요. 번호 알려주시면 전화할게요."

대저택을 나온다.
여전히 그 자리에 도우리 어깨에 기댄 채인 마담 셰리.
"왜 이렇게 오래 걸리셨어요?"
"다락방에 숨어있던 뉴로우를 만났어요. 셰리님 말처럼 2명이었어요. 접속이 끊긴 뉴로우를 돌보느라 숨어있었대요."
"세상에... 그럴수가..."
 마담 셰리가 다시 이마를 짚으며 도우리에게 쓰러진다. 대저택에 다른 뉴로우가 있었다는 사실에 충격을 받은 모양이다. 혼자 사는데 침입자가 생겼으니, 그럴만도 하다.
"아이들이었어요. 사건을 해결할 때까지만이라도 내쫓지 말아 주세요."
 마담 셰리가 지친 모습으로 고개를 끄덕인다.
 도우리 뒤로 희끄무레 날이 밝는 모습. 헤어지며 여기가 불편하면 탐정 사무소에서 머물러도 된다고 내가 말했지만, 유령 소동의 진상을 알았으니 괜찮다고 하는 마담 셰리. 대저택 안으로 들어간다.

 사무실로 가는 길에 지연과 지호의 이야기를 도우리에게 말했다.
"너무 위험하진 않을까요?"
"사건 해결해서 만 딜 받고 싶다며."
"..."
"전화 오면 같이 갈 거지?"
 결국 도우리와 이따 서울역 앞에서 만나기로 한다. 여차하면 지방으로 가야 할지도 모른다고 했다.
"탐정님, 그러면 오후 5시에 만날까요?"
"그렇게 늦게?"
"내일 수요일이거든요? 저 학교 가야 하거든요?"
"수요일...??"

순간 나도 모르게 손이 떨린다. 분명 무언가를 까먹은 느낌인데 생각이 나질 않는다. 대체 뭐지? 아득해지는 기억 저편으로 중요한 일이 스멀스멀 밀려오는 기분. 곧이어 머릿속에 번뜩 스치고 지나간다.
"왜 그러세요. 탐정님?"
 도우리가 부르지만, 나는 실성한 사람처럼 웃을 뿐이다.

3장. 납치

'아차, 교양 수업 과제.'

 도우리에게 인사도 제대로 못하고 후다닥 접속을 끊는다. 내일 강의 과제를 완전히 잊고 있었다. 그 교수님, 인정사정 봐주지 않는데...
 영화 보고 비평 쓰기. 목록에는 과제가 아니면 보지 않을, 지루해 보이는 제목이 한가득이다. 프랑스 영화 한 편을 고른다. 아무리 인생 실전이라지만, 지금 시각은 새벽 5시. 이제부터 시작해서 과제를 끝내야한다.

"언니, 잠 못 잤어요?"
"...응."
"그래도 발표 잘하시던데요? A+ 나올 거 같죠?"
 다음 강의실로 들어가기 전 자판기에서 에너지 음료 하나를 뽑는다. 기운이 솟아나는 기분. 아, 살 것 같다.
 도저히 멀쩡한 정신으론 강의를 들을 수 없을 것 같아, 과제를 제출하고 맨 뒷자리에 앉는다. 오늘도 교수님은 한 번도 들어본 적 없는 영화를 튼다. 메타버스 범죄에 관한 다큐멘터리다.

 ...범죄 수법은 날로 대담해집니다. 그 사례로 벨라지오 수영장 살인사건이 있습니다...

내레이터의 설명에 나도 모르게 정신이 또렷해져 버린다. 범인을 잡은 L모 씨 대목에서는 괜히 엉덩이가 들썩인다.
 만약 저 일이 현실에 알려졌다면, 지금 이 강의실에서 상당히 부담스러웠을 거다. 철저히 비밀에 부쳐준 서형사가 다시 생각해 봐도 정말 고마웠다.

"모나야, 이모나!"
"어으응, 네?"
 과방 구석에서 과잠바를 뒤집어 쓴 채로 잠깐만 자려고 한 건데, 알람을 못 들었다.
"무슨 잠을 그렇게 자?"
 계속 울려대는 알람을 꺼주는 이름 모를 동기. 덕분에 일어났다. 기지개를 펴 찌뿌둥했던 몸을 푼다. 이제 가볼까?

 서울역에 거의 다 도착할 무렵 전화벨이 울린다.
 032로 시작하는 모르는 번호. 핸드폰 너머 상대방은 말이 없다. 누군지 확신이 든다.
"지연아, 너를 도와주려고 하는 거야. 내가 폴을 찾아줄게."
"…"
"널 누군가에게 보내는 일은 없을 거야. 약속할게."
 전화를 한 것만 해도 엄청난 용기를 낸 게 아닐까? 여전히 어떤 대답도 들을 수 없지만, 포기하지 않는다. 참을성 있게 지연이의 대답을 기다린다.
"…파티마 오피스텔. 빨리 와요."

어린 여자애 목소리가 말하고는 바로 끊어진다. 입으로 파티마 오피스텔을 중얼거리며 검색하면, 인천에 있다.
 곧장 도우리에게 인천으로 오라고 하고, 출발한다.
 차창 밖으로 날이 저무는 모습. 해가 있어야 그나마 수월할 텐데… 인천에 도착하면, 완전히 어둡다.

"탐정!…니임…"
 퇴근 인파 사이로 나를 부르는 도우리. 수상하다는 듯 쳐다보는 주변 시선에 쫓겨, 근처 골목으로 피신한다.
"밖에선 탐정이라고 하지 마."
"그럼 뭐라고 불러요?"
 머리를 굴려봤지만, 마땅한 호칭이 생각나지 않았다. 역시 가장 무난한 건…
"누나?"
"아하하… 죄송해요, 저는 탐정님이 익숙하네요."
 도우리는 머쓱한지 콧등을 긁는다. 나도 누나라는 호칭은 어색하다 못해 소름이 오소소 돋는다.
 현실의 도우리는 한 치수 커 보이는 남색 교복을 입고 검은색 메신저 백을 옆으로 멘, 평범한 중학생 그 자체.
 눈썹 바로 위까지 오는 바가지 머리에 크고 동글동글한 눈이 꼭 강아지 같다. 키가 비슷해서 자꾸만 스치는 시선이 어색한데, 올려다보지 않아도 되는 건 편하다.
 어쩔 수 없이 탐정으로 하기로 하고, 파티마 오피스텔을 향해 간다. 구불구불한 골목 안으로 한참 들어가는 길이다.

"음... 저기 같은데요?"
 도우리가 가리킨 곳에는 다 무너져 가는 건물 하나가 우뚝 서 있다. 전깃줄 위에 대각선으로 걸려있는 간판은 고개를 옆으로 돌려야 글씨를 읽을 수 있다.

ㅍ티마 오피스트.

 군데군데 자음, 모음이 빠져있어 대충 유추해야 한다.
 오피스텔에 가까워 지면, 땅에 박힌 팻말에 재개발 현수막이 펄럭이는 모습. 주위 건물 대부분이 이미 철거되어 흔적만 남아있고, 길 곳곳이 파여 있어 여러 번 넘어질 뻔 한다. 완전히 아수라장이다.

"탐정님, 안 들어가요?"
 유리문을 반쯤 연 도우리가 나를 본다.
 이번 의뢰는 정말 갈수록 태산이다... 들어가지 말아버릴까? 말도 안돼는 생각을 하면서 억지로 고개를 끄덕여 보이고는, 안으로 들어간다.

 어둠 속에 경비실이 보인다. 오른편에 엘리베이터가 있고, 둘 사이에 계단으로 가는 문이 있다. 도우리가 경비실 안으로 들어가면, 조명 스위치를 찾으려 핸드폰 불빛을 이리저리 비춰보는데... 찾을 수가 없다.
 번쩍. 갑자기 경비실이 환해진다. 도우리가 불을 켠 경비실 안으로 재빨리 들어간다. 밖보단 덜 위험해 보인다.

서랍이 달린 철제 책상에 바퀴 달린 검은 색 의자 하나 뿐인 경비실. 2명이 있으니 꽉 찰 정도로 작다.
 도우리가 책상 위의 서류 뭉치를 뒤지면, 나는 서랍을 차례로 열기 시작한다. 텅 빈 서랍들. 맨 아래 서랍을 열면,
 "럭키."
 열쇠 꾸러미가 있다. 열쇠마다 방 번호가 표시된 모습. 이제 아이들이 있는 방만 찾으면 된다.
 엘리베이터는 움직이지 않으니, 계단으로 올라간다. 제법 눈이 어둠에 익숙해져, 이제 핸드폰 불빛 없이도 올라갈 수 있다.

 2층 복도로 가는 문은 잠겨있다. 몇 번 열어보려 시도했지만, 꿈쩍도 하지 않는다. 아마 문이 열려있는 층일 것 같다.
 3층 문은 열려있다. 어둠 속, 복도 양 옆으로 늘어선 방 번호의 열쇠들을 찾아 돌려보면... 문이 안 열린다?!
 그러다 딸깍. 복도의 끝에서 문이 열린다.
 들어갈 용기가 나지 않아 머뭇거리는 나를 본 도우리. 나를 밀치고 문을 여니, 성큼 방 안으로 들어가버린다!
 불을 켜면, 방금 전까지 누군가 있었던 듯한 모습. 휘이잉 몰아치는 바람 소리에 둘러보면, 창문이 열려있다.
 난간 기둥에 묶인 채 땅까지 길게 늘어진 커튼. 누군가 탈출한 흔적? 왜 갇혀 있었던 걸까? 한동안 커튼을 바라본다.
 "4층으로 가자."
 웬지 서둘러야겠다는 생각에 걸음이 빨라진다.

4층에는 살짝 열린 문 사이로 불빛이 새어나오는 방이 보인다. 403호다.

문을 밀어 열면, 안쪽에서 기다리고 있던 듯한 두 아이가 보인다. 앞쪽의 여자애가 지연. 그 뒤에 숨은 애가 지호겠지?

갈색 단발머리 지연은 9살 정도 되어 보이는 여자아이. 키가 지호보다 조금 더 컸다. 지호는 7살 쯤인 것 같은데, 짧은 스포츠 머리 때문에 더 어려 보이기도 한다. 똑같은 하늘색 반팔 티셔츠를 입고, 비쩍 마른 상태의 아이들. 어떻게 대화를 시작한다…?

오른손으로 볼을 긁적이던 나는, 혹시나 해서 챙겨온 삼각김밥과 물이 든 봉지를 조심스래 건네본다. 건넸기보단 거실의 탁자 위에 올려놨다.

"얘들아, 일단 이거 먹으면서 이야기할까?"

보다못한 도우리가 비닐봉지를 펼쳐 안에 든 내용물을 아이들에게 보이자, 탁자로 달려드는 아이들. 얼마나 굶은 건지, 모든 게 순식간에 사라진다.

"궁금한 거 물으세요…"

입 안의 음식을 우물거리며 말하는 지호. 나와 도우리는 서로 눈빛을 교환하며 조심히 입을 연다.

"폴이 없어진 지 얼마나 됐어?"

"일주일이요. 그치. 누나?"

"지난주 월요일이니까, 일주일 넘었어."

배가 부른지, 자기 배를 통통 치며 웃어보이는 지연. 영락

없는 어린아이다. 나는 지연의 입가에 묻은 김가루를 떼주며 묻는다.
"이 전에도 폴이 없어진 적 있었어?"
지연이 가리키는 곳의 달력에 빨간색으로 표시된 날짜들이 보인다. 대부분 월요일에 동그라미가 그려져 있고, 동그라미 옆에 작게 〈주문받는 날〉이라고 적혀있다.
"주문받는 날?..."
"팡팡 주문받는 날이요. 월요일에 주문받고, 화요일부터 일요일까지 플링 메타버스에서 배달 해요."
"팡팡? 그 액체 세제같다는거?"
"뭔지 잘 몰라요."
아이들이 고개를 절레절레 흔든다. 뭐, 지금은 폴부터 찾는 게 먼저다. 어디서 부터 시작해야하나?

"주문받는 날에 폴이 가는 곳은 어디야?"
"몰라요. 하지만 30분 안에는 돌아왔어요."
30분이면... 멀리 가지는 않는다는 말이다.
"그날, 나가면서 다른 얘기는 안 했어?"
"음... 새로운 팡팡이 나온다고 했어요. 테스트 해본다고 했던 것 같아요."
배달을 플링 메타버스에서 한다고 했으니까, 주문도 플링 메타버스에서 받지않았을까? 뭔가 좀 더 비밀스럽게 하려고 나간 듯 한데... 이 근처에 플링 메타버스를 할만한 곳을 찾아내면, 거기에 폴이 있을 가능성이 높다.
플링 메타버스 기계가 있어야 하고, 와이파이가 연결된 곳이어야 한다. 이 근처에서는 와이파이가 잡히는 곳이 몇 군데 안되보이는 것 같으니, 폴을 찾아내기가 쉬울지도 모른다. 이 아이들을 여기 두고가는 게 마음에 걸리지만, 지금은 어쩔 방법이 없다.

"폴이 어떻게 생겼는지 좀 알려줄래?"
"대저택에서 보신 그 뉴로우랑 똑같이 생겼어요. 키 크고, 좀 말랐어요. 입술 옆에 점이 있고요..."
 주방에 있던 종이와 펜을 가져와 그림을 그리기 시작하는 지연. 얼굴에 점이 있는, 운동복 차림의 남자를 그려 놓는다. 그러고 보니 그때 그 뉴로우의 입술 오른쪽 위로, 몽고반점을 본 기억난다. 현실과 뉴로우의 얼굴이 똑같다니... 이미 정해진 범위 내에서 고르는 뉴로우 얼굴을 원하는 형태로 바꾸려면, 플링 메타버스식 성형수술을 해야 한다. 성형외과 같은 곳에 가는 건 아니고, 거울 아이템의 성형수술 기능을 통해, 머리부터 발끝까지 원하는 모습으로 바꿀 수가 있다. 플링 메타버스에서도 고가의 아이템이라, 주로 연예인들이 플링 메타버스에서도 똑같은 모습으로 활동하기 위해 쓰는 건데, 폴에게는 현실과 같은 모습이여야 하는 특별한 이유가 있었던 걸까?
 일단 경찰에 알려야 한다는 생각에 서형사에게 전화를 걸면, 받지 않는다. 순간 떠오르는 집으로 끌려간다고 하던 지연의 표정... 일단은 폴 부터 찾아보고, 경찰 연락은 그 다음에 해도 되지 않을까? 그리고 무엇보다, 넌 탐정이니까 모나야... 진짜 범죄의 현장일지도 모를 상황 앞에서 탐정이라는 한글자 한글자가 지독히 아프다. 이런, 정말로 다 관두고 추리 소설로 돌아가야 하나...
 아이들을 그대로 둔 채 오피스텔을 나오면, 하늘에 뜬 초승달이 노려보고 있다.
 와이파이 신호를 찾는 앱을 내려받아 실행시키면, 네비게이션 지도 창에 와이파이 신호가 흐르는 곳이 표시된다. 근처에 신호가 잡힌 곳은 총 3곳. 모텔, 병원 그리고 공사장 쪽이다.

"병원은 아니겠죠?"
"모텔부터 가보자."
 오피스텔에서 가장 가까운 곳. 다행히 가는 길에 가로등이 켜져 있어 수월하게 갈 수 있다.
 도착하면, 오피스텔보다 상태가 더 안 좋아보이는 건물. 딸랑. 모텔 안으로 들어서자, 카운터 창문 너머 누군가 비죽 손을 내민다.
"손님 안 받아요."
 젊은 여자 목소리. 7음계 여섯 번째쯤 될 하이톤이다. 우선 교복을 입은 도우리를 내 뒤로 안 보이게 숨기고, 창문의 손에다 말한다.

"사람을 찾고 있는데요."
"그런 사람 없어요."
"그게요, 지난주 화요일에 온 사람인데요."
"글쎄, 여기 그런 사람 없다고!~"

여자가 짜증 섞인 목소리로 대답한다. 흘깃 모텔 안쪽을 살피면, 먼지 쌓인 커피포트, 불 꺼진 냉장고의 모습. 저 상태면 운영을 안 한지 제법 돼보이는데... 그럼 지금 이 여자는 왜 여기 있는 거지? 궁금증들이 점점 커져만 간다. 우선 폴이 여기 있는지를 확인해야 한다.

"여기로 갔다고 해서 온거에요. 입술 옆에 몽고반점 있는 사람인데, 정말 모르세요?"

"..."

"저기요?"

상대가 조용한 가운데 들리는 삐삐삐- 전화기의 버튼 누르는 소리. 지금 상황에서 경찰에 엮이면 귀찮아진다...

"이상한 사람 아니라고요! 저희 가족이에요!"

가족이라는 말이 제멋대로 튀어나와 버렸다. 수습이 필요한데... 도우리가 옆에서 무슨 말을 하는 거냐며 소리 없는 난리를 친다. 내가 정말 왜 그랬지? 우왕좌왕하는 사이, 기운터 안에 있던 여자가 밖으로 나온다. 저 검은색 비단 옷은 치파오 같은데... 설마 중국인?? 놀라서 쳐다보는데, 여자가 다리를 꼰 채 비스듬히 벽에 기대어 마주본다.

"폴은 가족이 없어."

"아, 저기, 그게..."

"너희 누구니?"

살을 에는 듯한 매서운 목소리에 심장이 조여드는 것 같다. 무서워서 아무 생각도 나지 않고. 그건 내 옆에 있는 도우리도 마찬가지. 우리가 얼어붙은 상태로 계속 말이 없자, 여자가 마침내 팔짱을 풀더니 깔깔대며 웃는다.

"겁 먹었니? 괜찮아. 나도 폴을 찾고 있었으니까."
"그쪽도요?"
"그쪽이 뭐니, 메이라고 불러."
 메이가 나와 도우리를 카운터 방 안으로 데려간다. 침대에 빨래 건조대까지, 살림이 너저분하게 펼쳐진 방. 대충 물건을 정리하더니 소파를 가리킨다.
"앉으렴,"
 여기. 그녀가 녹차 티백을 탄 종이컵을 내민다.
"마지막 본게... 지난주 월요일 아침이었지 아마?"
 맞은편 침대에 걸터앉은 메이는 한 손으로 턱을 괸 채 이야기를 시작한다. 말하는 내내 오른쪽 다리를 떠는데, 그때마다 그녀의 빨간색 머리카락도 함께 흔들린다. 누가 봐도 아름답다고 느낄 만한 예쁜 얼굴. 고양이를 닮은 두 눈은 아주 멀리까지 꿰뚫어 보는 것 같이 또릿하다.
"...여기엔 없어. 어딘가에 있겠지, 짜식..."
"어디로 갔는데요?"
"모르지. 월세는 밀려가지고 어딜 또 싸돌아다니는지~"
"월세요?"
 팔을 뻗어 종이 한 장을 내미는 메이. 종이 위에는 마이너스 숫자 옆으로 폴의 이름이 잔뜩 적혀있다. 검은색 치파오 아래로 그녀의 갈비뼈가 도드라져 보인다.
"폴 뿐 아니라, 이 근방 월세는 내가 다 받아. 주인 대신이야."
 작은 창문 너머 메이가 가리킨 방향에 아이들이 있는 오피스텔이 보인다. 싸돌아다닌다라... 도대체 폴은 어디로 갔을까? 생각에 잠긴 내게 그녀가 자기 얼굴을 훅 가져다 댄다.
"폴하고 안지 2년이 넘었어. 처음엔 풍채가 좋았는데, 몇 달 전부터 비쩍 마르더라고... 아, 지금 그게 중요한 게 아니지. 너희는 무슨 사이야? 받을 돈 있는 거야?"
"누가 폴을 찾아달라고 해서요."
"좋아. 그럼 폴을 찾거든 나한테도 알려주고, 잘가라~"
갑자기 그녀가 준 컵을 도로 뺐더니, 서둘러 방 밖으로 내쫓는다.
"이제 게임장 문 열 시간이야. 애들은 이만 퇴장 하렴."
우리를 향해 웃음을 지어보이는 메이. 비웃는 건 아니다. 일하는 어른의 시선 그 이상도 이하도 아니었으니까.
나와보니 문에 '화개장'이라고 쓰여있는 모습. 이 모텔 이름이다. 위를 올려다보면, 꼭대기 층에서 새어 나오는 불빛. 저기서 게임을 하는 모양이지? 폴은 여기 없는것 같다. 다음 장소로 가려는데, 모텔 문이 다시 열리며 메이가 나온다.
"근처에 병원이 하나 있어. 폴이 가끔 가는 곳이니까 한 번 가보든가."
말을 던지곤, 다시 안으로 사라지는 메이. 수상쩍지만, 병원에도 와이파이 신호가 잡혔다. 분명히 뭔가 단서에 가까워지고 있다.

모텔에서 병원까지 15분 걸렸다. 병원 옆에 공사장이 붙어있으니까, 다음 장소까지 찾아가는 수고는 던 셈이다.

오는 동안 본 건 길고양이 한 마리가 전부다.
폐허 직전상태인 2층 건물의 모습. 건물 앞면에 '외과의원'이라고 적힌 쪽 간판이 간신히 붙어있다.
"뭐, 진료는 안 보게 생겼네요."
도우리와 함께 빙 둘러보면, 건물 뒤쪽은 일부분 붕괴된걸 천막 벽으로 막아놓은 상태. 앞쪽 유리문을 밀어보면, 역시나 철컹. 잠겨있다.
'탐정님, 이쪽이요!...'
부르는 쪽으로 가보면, 천막 자리 옆으로 또하나의 출입구가 있다. 문이 반쯤 열렸다.

병원 안으로 들어서면, 1층에는 접수대와 대기실, 진찰실이 있다. 진찰실은 의외로 깔끔하게 정리된 상태. 한켠에 칸막이를 치고 주사실이 따로 있다. 주사실 한쪽에는 냉장고가 있는데... 이 소리는? 설마... 여기서 진짜 진찰을 보고 있는건 아니겠지? 냉장고를 열면, 시원한 냉기가 흘러나오며 안에 알 수 없는 주사액이 잔뜩 들어있다. 이럴수가... 뭔가가 잘못됐다.

2층에 올라가면, 수술실과 입원실이 있다. 여기에 폴이 있을 곳은 입원실이 유력하다. 1층을 보면, 그가 여기 있을 가능성이 있다...
"탐정님, 저쪽에 불이 켜져 있어요."
속삭이는 도우리. 그가 가리킨 곳에 불빛이 새어 나오고 있다. 수술실 쪽. 발 소리를 죽여 살금살금 다가가면, 안에 누군가 대화하는 중이다. 근처 기둥 뒤에 숨어 귀를 귀울여 보면, 무슨 말인지 알아듣기 힘들다. 하지만 도저히 이 이상 다가갈 용기는 나지 않는다.

 안에 있는 사람 얼굴이라도 볼 수 있으면 좋을 텐데... 생각 중에 수술실 문이 드르륵 열린다.

 긴장되는 상황. 수술실 안의 누군가가 우리가 숨은 기둥 바로 앞까지 왔다...

"폴 소식은 유감입니다. 오늘 밤 처리하겠습니다."
"차는."
"밑에 대기 시켜두었습니다."

 기둥 반대쪽 그 사람들 움직임에 맞춰 조금씩 움직이며 들키지 않기위한 발악을 한다. 두 눈을 질끈 감은 도우리. 나는 쿵쾅대는 내 심장 소리를 들으며, 아랫입술을 꽉 깨문다. 마침내 아래층으로 층계를 내려가는 발소리가 들리는데... 그래도 한농안 자리에서 움직일 수가 없다.

"갔나 봐."

 마침내 내가 말하면, 그제야 눈을 뜨고 숨을 몰아쉬는 도우리. 나는 심장에 손을 가져다 댄 채 아직 죽지 않았음을 확인한다.

"폴 소식이 유감이라는 말 들었어?"
"너무 떨려서 아무것도 못 들었어요..."

 분명 폴에 대해 얘기했다. 그리고 그 유감이라는 건 뭔가가 잘못 되었다는 의미. 갑자기 퍼즐이 더 복잡해졌다.

"탐정님. 또 누가 오기 전에 여기서 나가죠."
"그게 좋겠어. 밑에 내려갔는데 아직 있으면 어쩌시?"

내 말을 들은 도우리가 내 뒤를 가리킨다. 그곳엔 비상구라고 써진 초록색 표시. 문을 열면, 1층으로 향하는 철제 계단이 있다.

 건물 밖으로 나오면, 주변에 아무도 보이지 않는다. 누구였을까? 얼굴이라도 봐둘 걸.
 어쨌든 병원에도 없다는 것이 확인됐다. 그렇다면 이제 공사장만 남았는데... 폴이 있는 곳에 가까이 다가갈 수록, 깊은 늪에 빠지는 기분이다.
 "공사장에 아직도 와이파이 신호 잡혀?"
 "네. 그런데 탐정님, 아무래도 경찰에 신고부터 해야 하는 거 아닌가요? 여기는 플링 메타버스도 아니고... 방금 전 그 사람들은..."
 "공사장까지만 가보자. 그 애들이 기다리잖아. 빨리 돌아가려면 어쩔 수 없어."

 짓다만 아파트. 20층은 넘어 보인다.
 "이쪽에 계단이 있어!"
 건물 왼쪽이다. 올라가며 계속 주위를 살피면, 인적없이 황량한 모습 뿐이다. 10층 정도 올라왔을 무렵 조바심이 스물스물 피어난다. 만약 여기도 아니면 경찰에 신고 해야 하는데... 그럼 그 애들은 어떡하지?
 두통이 시작되려던 찰나, 앞쪽에 정체 모를 그림자가 보인다. 일단 그곳으로 무작정 가 본다.

발걸음이 멈춘 곳에 수십 대의 플링 메타버스 기계가 줄지어 놓여있다. 한 층을 가득 채우고도 남는 기계들. 입이 떡 벌어질 만한 광경이다. 내 뒤에 헐떡거리며 온 도우리도 비슷한 반응. 이렇게 많은 플링 메타버스 기계는 어디서도 본 적이 없다.
"이게 다 뭐예요?"
 내가 묻고 싶은 말이다. 앞장서 플링 메타버스 기계 사이로 걸어들어가는 도우리. 기계는 지금 당장이라도 플링 메타버스에 접속할 수 있는 듯, 전원이 켜져 있었다.
 아야! 먼저 걷던 도우리가 갑자기 멈춰서는 바람에 그의 뒤통수에 내 머리를 박았다. 왜 멈췄냐며 묻는데, 천천히 내 쪽으로 돌아서 뭔가 속닥거린다.
"뭐라고? 안 들려."
 속 터져 하자 어깨를 잡아당겨 귓가에 대고 속삭인다.
"...앞에 사람이 있어요."
 사람이 있다니? 뭔가 싶어 도우리의 앞쪽을 쳐다보면, 헉. 진짜 누군가 쓰러져 있다. 플링 메타버스 기계를 쓴 상태. 보통 플링 메타버스 기계에 접속하면, 잠든것과 비슷해진다. 우리가 온 걸 몰랐으면 좋겠는데...
 바닥의 사람 옆으로 비켜 가면, 여전히 미동조차 없다. 자세히 보니, 한쪽 팔이 꺾인 채 엎드린 자세도 부자연스럽고... 뭔가 이상하다. 나는 도우리에게 누워있는 사람의 얼굴을 위쪽으로 돌려달라고 부탁한다.
"맨날 무서운 건 나만 시키고..."
 확인 차원에서 누운 사람의 어깨를 북 선드려보는 도우리.

그러자 스르륵 몸이 굴러가며 얼굴이 천장을 향한다.
"헉."
그 얼굴은 다름 아닌 폴이다. 입술 옆 몽고반점이 그임을 말해주고 있다. 그런데... 확 풍기는 역한 냄새. 창백한 얼굴은 딱딱히 굳어져 있다. 코 아래 손가락을 대서 확인해 보면...
"누가 와요!"
갑자기 도우리가 소리치며 내 팔을 끌어당긴다.

둘이 함께 바닥에 바짝 엎드린 상태. 발걸음 소리가 점점 가까워진다. 사방에 깔린 플링 메타버스 기계에 가려져 있다 한들, 들키는 건 시간문젠데... 도저히 참을 수 없는 냄새 때문에 숨을 쉴 수가 없다.
어느 순간, 몸을 벌떡 일으킨 도우리. 강한 불빛이 그를 향해 비추면, 반대 방향을 향해서 뛴다!!

"경찰입니다."
불빛이 완전히 사라진 후에서야, 겨우 신고 버튼을 눌렀다...
"여기... 시체가 있어요."
"네? 무슨 말씀이세요?"
"시체가 있어요. 여기가 어디냐면요,"
순간 날카롭게 퍼지는 도우리의 비명. 저 아래다. 나는 황급히 소리가 나는 쪽을 향해 뛰기 시작한다.

"놔! 살려주세요!~"
 거의 아래에 다 와 갈때쯤, 검은 옷차림의 건장한 남자들이 도우리의 양팔을 붙잡아 승합차에 밀어 넣는 모습이 시야에 들어온다. 이내 차 안으로 모습을 감추는 도우리.
 안돼!!! 소리지르며 마지막 계단을 뛰어내리듯 달려가면, 승합차는 이미 온데간데없다.

...도우리가 납치됐다...

그대로 땅바닥에 주저앉는다. 어떻게 해야 하지.
 숨을 몰아쉬고 있는데, 핸드폰에 문자 알림이 온다.

[귀하의 위치로 경찰이 출동했습니다. 5분 내 도착 예정입니다.]

"선생님이 신고하셨나요?"
"네, 제가 신고했어요. 저 위에 시체가 있는 것 같아서..."
"같아서, 라구요?"
"무, 무서워서 제대로 못 봤어요. 도우리라는 중학생이 봤는데, 어떤 남자들이 납치해갔어요. 그 중학생 좀 찾아주세요!"
 출동 경찰 두 명 중 한 명은 계단 위로 올라가고, 나머지

한 명이 내게 도우리가 납치된 경위를 묻기 시작한다. 여기엔 떠도는 괴담을 듣고 왔다. 중학생과 나의 관계는 메타버스에서 같이 게임을 하는 사이일 뿐이다…
 메타버스 탐정이라는 것과, 탐정 수사 때문에 이 밤에 인천의 한 공사장까지 왔다는 이야기를 다 말하기엔 너무 피곤하다. 이게 지금의 내가 할 수 있는 최선이다.
 한차례 끝나면, 경찰서로 가서 다시 목격자 진술을 해야한다고 한다. 경찰차를 타고 지구대로 향한다.

 지구대에서 다시 진술을 하려니 도우리의 마지막 모습이 생각난다.
 그때, 내가 일어났어야 했어.
 나 때문에 납치된 것 같아서 눈물이 계속 난다. 훔쳐도, 훔쳐도 자꾸만 난다.

 "모나야, 이게 무슨 일이야?"
 뛰어 온 듯한 서형사는 우선 내가 다친 곳이 없는지 확인한다. 지구대에 오자마자 맨 먼저 서형사를 불러달라고 했다. 서형사가 와줬다는 안도감과, 도우리가 어떻게 됐을까 봐 하는 불안감이 한꺼번에 터져 꺼이꺼이 운다.
 "아시는 분이세요?"
 "네, 잘 압니다. 상황이 어떻게 된거죠?"
 "자세한 내용은 여기 적혀있습니다. 목격자 귀가 조치를 부탁드려도 될까요?"

"물론입니다."
 지구대 경찰의 자리에 앉아 나의 목격자 진술을 읽어내려 가는 서형사. 얼굴이 눈에 띄게 굳어진다.

"밤에 중학생 데리고 인천까지와서, 이게 뭐하는 짓이야! 여기가 게임인줄 알아!!"
 불같이 화를 내는 서형사의 모습에, 나와 도우리가 무슨 일을 저질렀는지 실감이 난다. 하지만 곧이어 내 옆으로 다가와 내 등을 천천히 토닥여준다.
 걱정마라. 도우리는 꼭 찾을 거야... 서형사의 위로가 내 마음을 따듯하게 감싼다. 내가 말하지 않은 그 사실에 대해, 지금 말해야 하지 않을까?

"...아셔야 할 게 하나 더 있어요."
 심호흡 한 번 하고, 눈을 질끈 감고 시작한다.
 플링 메타버스의 대저택에서 만난 두 아이 이야기를 시작으로, 현실에서 시체를 발견하게 된 것까지... 전부 다 이야기해 버린다. 말없이 들으며 간간히 내 말을 수첩에 적는 서형사에게서, 내 이야기에 온전히 집중하고 있다는 게 느껴진다.

"제 생각으론 폴이 죽은 이유와 도우리를 납치해 간 사람들 사이에 뭔가 관련이 있는 것 같아요. 우리가 폴을 찾아 다닌다는 사실을 알고서 왔던 것 같아요."

심각한 표정을 지으며 고개를 끄덕이는 서형사. 그리곤 내 어깨를 부여잡는다.
 "내 말 잘 들어 모나야. 시체가 나왔고, 도우리가 납치됐어. 이건 이제 실제 형사 사건이야. 이제부터는 경찰한테 맡겨."
 "하지만 형사님..."
 서형사의 단호한 모습에 나는 더 이상 말을 꺼낼 수 없었다.

 나를 집까지 바래다 준 서형사. 그리곤 경찰에게 집 앞을 지키도록 지시한다.
 방에 들어오자마자 무너지듯 바닥으로 쓰러진다.
 오늘 하루 너무나 많은 일이 있었다. 도우리를 찾아야 하는데... 무거워지는 눈꺼풀을 도저히 어찌할 수가 없다. 그렇게 나는 침대까지 가지도 못한 채 쓰러진다.

 "아!"
 오전 8시 10분.
 평소라면 늦잠을 잤겠지만, 아침일찍 눈이 번쩍 떠진다.
 샤워는 건너뛰고 재빨리 새 옷으로 갈아입는다.
 계단을 뛰어 내려가다, 문 앞에 서 있는 경찰을 보고 다시 안쪽으로 숨는다.
 참, 어제 서형사가 세워뒀지. 어떻하지? 나를 보면 분명 막을 것 같은데...
 주위를 살피던 내 눈에 1층 한켠에 누군가 버린 종이박스가 보인다. 으음... 저거라도.
 종이박스를 얼굴에 뒤집어 쓴 채, 전력질주로 문 밖으로 뛰쳐나가는 나. 한껏 달리다가 문득 이상해서 뒤를 돌아보니, 문 옆에 등을 기댄 채로 졸고있는 경찰의 모습이 보인다.

 그 길로 아이들이 있는 오피스텔에 갔다.
 전깃줄에 걸린 간판이 어제보다 더 땅으로 내려온 것 같다.
 쾅.쾅.쾅.
 403호 문을 두들긴다. 지연과 지호의 이름을 불러보면, 묵묵부답. 이상한 느낌에 귀를 대 보면, 인기척이 느껴지지 않는다. 손잡이를 돌리면, 끼이익. 문이 열린다.
 텅 빈 방. 어제와 달리 어질러져 있다. 누군가 아이들을 데려간걸까? 어제 도우리를 납치한 놈과 같은 놈들?? 궁금한 것 투성이지만, 이곳에 답은 없다.

 터덜터덜 도착한 모텔 앞에는, 메이 씨가 막 문을 닫는 중이다.
 "오늘 영업 안 해요~ 어머, 넌 어제??"
 "왜 영업을 안 해요?"
 "경찰. 쫙 깔렸어. 미쳤다고 게임을 하게?..."
 게임이라는 말을 할 때 눈동자를 좌우로 돌리며 속삭인다. 장사 못한다고 기분이 나빠 보이신 잃았다. 나는 어딘가로 가려는 메이 씨를 붙잡는다.

"폴이 어디 있는지 알아냈어요."
"정말? 탐정이라더니, 진짜였나 보네."
내게 돌아선 메이 씨. 손바닥보다 더 작은 가방에서 담배를 꺼내 불을 붙인다. 경고 문구가... 니코틴 억제라고 적혀있네?
"이번 달부터 금연하기로 했거든."
호호 웃는 메이 씨. 내 얼굴에 박하향 연기를 내뿜더니, 당황해하는 표정을 재밌어한다.
"폴은 어딨어?"
"죽었어요. 공사장에서."
"...말이 길어질 것 같네. 잠깐 여기 앉을래?"
메이 씨는 그제야 내가 왜 자길 찾아왔는지 알겠다는 표정을 짓는다.
나는 메이 씨와 앞에 있는 계단에 쪼그려 앉는다. 그녀가 다 피운 걸 바닥에 버리고, 한 개비 더 입에 문다.

"2년 전쯤, 어떻게 알았는지 찾아와서는 10명 정도 지낼 수 있는 집을 구해달라고 했어. 내가 무슨 복덕방도 아니고 말이야? 웃기지도 않아."
메이 씨는 나를 쳐다보며 말을 이어간다.
"깡패 아니면 사기꾼이라고 생각했어. 여긴 다 그런 사람들 뿐이니까. 두둑하게 챙겨준대서 소개시켜 줬지. 역시나, 몇달에 한 번씩 장소를 바꾸는게, 뒤가 구린 놈인거지"
"그리고요?"
"뭘 기대한 거야? 내가 걔 정체를 알아서 뭐할건데? 참, 불곰인가? 메타버스에 자기를 괴롭힌다는 놈 얘길 한 적이 있었어. 이게 내가 아는 전부야."

불곰? 플링 메타버스에서는 중복된 이름을 사용할 수 없다. 같은 서버에 있는 뉴로우라면 찾을 수 있다.

"이봐. 난 안 해서 잘 모르는데, 플링 메타버스란게 폴을 죽인 거야?"

메타버스에 연결된 채로 죽은 폴. 서형사로부터 사인은 메타버스에 있다는 얘길 들었다. 아마 폴이 현실에서 하던 일과 관련된 뭔가 때문이겠지. 내가 어떻게 설명해야 할지를 난감해하자, 메이 씨가 씩 웃더니 내 어깨를 한번 툭치고는 먼저 일어난다.

"무슨 일인지 잘은 모르지만, 폴을 너무 나쁘게 생각하진 마, 내가 너한테 잘 해준 걸 봐서라도 말야~"

손을 흔든 메이 씨가 내게서 멀어진다. 어쩐지 다신 보지 못할 것 같다. 이해는 할 수 있겠지만, 공감하기엔 어려운 존재. 이래서 인연이란 따로 있는 것 같다.

큰 수확 없이 돌아왔다. 서형사에게 온 연락도 없다. 아마 뭔가 열심히 찾고 있겠지. 강의 끝나는 대로 플링 메타버스에 접속해 불곰이라는 뉴로우를 찾아봐야겠다. 그렇다. 난 이 사건을 포기하지 않았다. 무엇보다 도우리를 찾아야 하니까 말이다.

"무죄 피의자와 유죄 피의자는 언어와 말투, 행동에서 차이를 보이는 경향이 있습니다. 따라서 진술할 때의 그 차이를 활용해서 어떤 유효한 결과를..."
 오늘 강의는 범죄 심리다. 대학교에 오면 취업에 유리한 수업만 인기 있을 줄 알았는데, 의외로 교양 과목이 인기가 많았다. 덕분에 범죄 심리도 못 들을 뻔했지만, 주위 친구들을 꼬셔 강의 인원 추가 희망서를 제출한 끝에, 겨우 들어갈 수 있었다. 힘들게 들어간 만큼 한 토씨도 놓칠 수 없단 마음으로 강의를 듣는다.
 역시나 빠르게 지나가버린 강의. 교수님은 범죄 사례를 찾아 피의자의 심리를 분석하는 과제를 냈다.
 뭐하지?... 맞다! 나비 연쇄 살인범의 심리를 분석하면 되겠다. 기사도 많이 났으니까 자료 찾는 건 안 어렵겠지.

"언니는 사례 뭐로 할거에요?"
 강의를 같이 듣는 새봄이다. 과도 다르고, 완전 힙합스타일에다 항상 인상을 쓰고있어서 친해질 줄 몰랐는데, 자주 옆자리에 앉다보니 친해져버렸다.
"벨라지오 수영장 살인사건을 해 볼까 생각 중이야."
"그 메타버스랑 동시에 벌어진 사건이요?"
 나는 고개를 끄덕이며 교재를 챙겨 가방에 넣는다. 빨리 가야 하는데... 초조하게 강의실 안에 있는 시계를 쳐다본 후, 새봄이에게 약속이 있다고 둘러대고 강의실을 빠져나간다.
 내 방은 학교 뒷문에서 뛰어서 3분 거리. 집에 오자마자 플링 메타버스 기계를 연결한다.

"이봐."

소리 난 쪽으로 고개를 돌리면, 모르는 남자 뉴로우가 탐정 사무소 안에 서 있다. 어떻게 들어 온거지?

현관문을 한 번, 앞에 있는 뉴로우를 한 번 쳐다본다. 처음 보는 뉴로우. 큰 키에 남색 한복을 입고 검은색 고무신 같은 신발을 신었다.

"네가 이모나냐?"

"누구...?"

나름 플링 메타버스 안에서 유명하다고 생각했었는데, 내게도 팬이 생겨버린 걸까? 드디어 팬께서 이렇게 탐정 사무소까지 몸소 납시고 말이다.

"네, 전데요?"

"나는 도우리 사촌 형, 도운재다!"

순간, '메타버스에서 대학생 사촌 형인 척하고 다녔어요!!'라고 고백하던 도우리가 떠오른다. 그 사촌 형이 온거다.

도운재란 뉴로우는 부채를 착 꺼내더니, 다짜고짜 내 머리를 때린다.

아앗! 왜, 왜 이래요!! 소리쳐도 그는 아랑곳 하지 않는다. 그래 사과가 먼저다. 나 때문에 도우리가 납치된 거니까. 사과하니, 도운재가 때리기를 멈춘다.

"용서할 생각은 없어. 내 널 찾아온 이유는 도우리를 찾기 위해서다."

도운재가 팔짱을 낀 채 삐딱하게 날 노려본다. 그 따가운 눈빛에 더 마음이 불편하다.

"어제 갑자기 납치됐다는 날에 온 집안이 난리가 났어. 어떻게 된 일인지 직접 들어야 겠다."
 아니 경찰서에 갈 일이지, 왜 나한테 와서 이러실까... 컴공과라더니 이사람 혹시, 게임이랑 현실을 착각하는, 뭐 그런 건가?? 그러다 문득 그렇게 말하는 나도 지금 메타버스에 들어와있다는 생각이 들어 쓴 웃음이 절로 난다. 경찰을 못 믿는 건 절대 아니다. 하지만, 납치나 실종의 경우 골든아워가 존재한다고 추리 소설에 항상 나온다. 대게 이 시간이 넘어가면 영영... 그런 결과를 앉아서 기다리다가 당할 순 없다. 할 수 있는 모든 걸 다 하기위해 들어왔다.

 그를 소파로 안내한 후 자세한 이야기를 해주면, 내 말을 들으며 표정이 시시각각으로 변하는 그. 긴장할 수 밖에 없는 상황이다.
"원래도 무모한 줄은 알았는데, 거길 왜 뛰어가서는..."
"제가 뛰었어야 했는데 죄송합..."
"그만 사과해. 언제까지 사과만 할 거야."
"죄송... 합니다."
 그가 어이없는지 나를 바라보며 웃는다. 입은 웃고 있는데 눈은 안 웃는 상태! 도저히 껄끄러워 바닥을 쳐다본다.
 맞다, 불곰! 내가 접속한 이유가 생각났다. 불곰을 찾아야 해...
"저 혹시, 불곰에 대해 아세요?"
 갑작스런 내 말에 이상하게 쳐다보는 그. 동물 곰으로 이해한 모양이다. 아니, 선수가 왜저러지?

내가 참을성 있게 뉴로우 이름이라고 하면, 그는 옆에 내려놓은 보따리에서 노트북을 꺼내든다. 아니, 넌 또 왜 거기서 나오니?

 이제 내가 가진 힌트는 불곰이라는 이름이 전부다. 어떻게 해서든 불곰을 찾으면 다음 길이 보이리라.

 내 앞에 앉아서 한참 노트북 자판을 두들기는 그. 슬쩍 보니 파란 바탕에 흰색 글씨의 향연이다. 컴공과라더니... 잠깐, 여긴 메타버스 인데, 메타버스 안에서도 프로그래밍 하는거야?? 내가 탐정질 하는 것처럼, 저 사람도 도우리를 찾기 위해서 컴공질을 한다고 생각하니 갑자기 울컥한다.

 그의 모습을 다시 보면, 갓에 달린 끈에 보석 장식이 주렁주렁 달렸다. 저것들은 진짜일까? 도우리도 매일 현란한 옷을 입고 다녔는데, 이렇게 보니 둘이 사촌지간이 맞긴 한가 보다. 이제보니 옷도 은은히 빛나는 게 자개에다, 허리춤에 두른 허리끈에도 비싸 보이는 보석이 달렸다. 여기선 직업이 뭐지? 라는 생각이 들 때쯤 그가 날 쳐다보며 모니터를 손으로 가리킨다.

 "찾은 거 같다."

 화면 위로 떠있는 무수히 많은 창들. 그 사이에 불곰이라는 이름이 보인다.

 ID 불곰. 뉴로우 불곰에 대한 정보다. 나는 자세히 보기 위해 모니터 가까이 다가갔다. 얼마나 가까이냐면, 그가 내뱉는 숨이 피부로 느껴질 정도다.

ID 불곰

Level 76
Server 3: 조선시대

"서버가, 조선시대??"
"이 뉴로우가 맞아?"
으앗! 얼굴이 너무 가까워! 튕겨나듯 뒤로 나가떨어지면, 소파에 주저앉게된다. 한심하단 표정을 짓는 그.
흠.흠. 나는 헛기침을 하며 다시 몸을 일으킨다.
도우리 사촌 형은 대학생이라고 했고, 나는 재수를 하면서 연애는커녕 남자를 만나본 적도 없다. 이래저래 자꾸만 그가 신경 쓰이는 건 어쩔 도리가 없다. 그건 그렇고 조선시대 서버라면 지금 이 서버에선 만날 수 없다는 얘긴데, 어쩌지? 플링 메타버스에서 서버 간 이동은 불가능하다. 한 사람이 한 개의 인생을 살아가는 것과 비슷하다.
한 서버에서 만든 뉴로우를 다른 서버에서 사용하려면, 그 전 서버에서의 모든 데이터를 포기해야 가능하고... 이 서버에서의 모든 기록을 포기 할 순 없는데... 무엇보다 기껏 만들어 놓은 이 탐정 사무실이 가장 걸린다.
머리를 굴리며 제자리를 왔다갔다 움직이는데, 그가 내 팔목을 붙잡는다.
"정신없는데, 앉지?"
"혹시, 조선시대 서버에 갈 수 있는 방법이 있을까요?"
"너 말이야. 내가 여길 어떻게 왔을 거라고 생각하느냐. 엣헴."

갑자기 입고 있던 두루마기 끝자락을 휘날리며 연하늘색 부채를 들어 좌라락 펼쳐 보이는 그.
 저 옷... 설마, 조선시대 서버에서 21세기 서버로 넘어왔다고?!
 "말도 안돼..."
 내가 작게 속삭이면, 검지를 내 입술 위에 가져다 대며 쉿 소리를 내는 그. 원칙적으로 불가능한데, 그걸 깨버렸다면...
 이어지는 그의 설명에 의하면 서버를 넘어온 게 맞다. 그리고 나도 그와 함께 조선시대 서버로 넘어갈 수 있다고. 믿기진 않지만, 잘됐다. 지금으로선 유일한 단서인, 불곰을 만날 수 있게 됐다!

 "타임머신을 타는 건가요?"
 나를 이끌고 탐정 사무소 밖으로 나온 그는 답이 없다. 함일에 빠지면 다른 뉴로우 말은 듣지 않는 것까지 도우리와 비슷하네. 공원을 가로질러 어딘가를 향해 계속 간다. 도시에서 점점 멀어지는 기분이 들기 시작할때쯤,
 "언제까지 가는 건데요!"
 "듣던대로 참을성이 없네."
 "도우리가 저에 대해 얘기했어요?"
 또다시 말이 없다. 속으로 도우리 걱정을 하고 있을 텐데, 이번엔 괜히 상처를 건드린 것 같아 미안하다.

숲 하나를 지나 하수구가 나왔다. 여기서 하수구를 보게 될 줄이야! 진짜 현실 같잖아?
 내 키의 3배는 더 큰 하수구. 도운재가 망설임 없이 어두운 하수구 안으로 들어가버리면, 도저히 내키지가 않아 멈춰선다. 그 난리를 거쳤는데도 이 어둠 공포증은 여전하다.

"뭐해?"
 머뭇거리는 날 보며 한숨을 푹 쉬는 도운재. 오른쪽 손을 내게 건넨다. 고맙게시리... 그 손을 덥석 잡으면, 나를 끌고 걸어가기 시작한다.
 물 비린내가 잔뜩 서린 하수구. 흠뻑 젖은 바닥이 미끌거려 계속 다리에 힘을 주고 걸어야 한다. 5분쯤 걸어갔을까? 갑자기 초록색 문이 나타난다. 작은 용 모양으로 생긴 은색 손잡이가 달린 모습. 그가 손잡이를 잡아당겨 문을 활짝 열면, 시끌벅적한 소리와 동시에 밝아지는 또 다른 세계. 문 너머는 그야말로, 조선시대다.

4장. 정체

"여기가 진짜..."
 조선시대 서버라고? 덜컹. 뒤에서 문 닫히는 소리가 들린다. 왼쪽에서 오른쪽으로 천천히 주위를 살피면, 가위를 휘두르는 엿장수, 머리 장신구를 파는 상인, 약과를 만들어 파는 장인, 그리고 시장 한복판을 뛰어다니는 아이들까지... 모두 한복을 입고 있다. 조선시대 서버는 기본 복장이 한복이라고 들었는데, 정말이네... 앗, 나는?
"뭐하고 서 있어. 입어."
 입고 있던 두루마기를 벗어 내게 건네는 도운재. 이제보니 안에 연두색 한복을 입고 있었다. 그의 두루마기를 입으면, 옷이 바닥에 끌린다. 옷자락을 잡아 들고 어떻게든 해보려는데, 나를 보던 그가 덥썩 내 손을 잡아 끈다.
"어, 어디 가요?"
"옷집."
 그가 데려 간 곳은 한복을 파는 상점이다.

 자기를 말숙이라고 소개한 사장님이 나를 이리저리 돌려가며 치수를 잰다. 눈매가 뾰족한 사장님. 깐깐한 우리 고모를 닮았다.
 이 앞 포목점에서 대충 아무거나 입어도 될텐데...
 이 서버에서는 한복이 필수인 걸 알겠다. 하지만 난 돈이 없다. 이건 한눈에 봐도 휘황찬란한 게 옷 한 벌에 어마무시하게 비쌀 것 같단 말이다...
 내가 쭈뼛대고 있자 성큼 여자 한복이 진열된 쪽으로 가버리는 도운재. 어느 옷 앞에 멈춰 서면, 꽃이 수놓인 푸른 저고리에 옅은 색조의 푸른 치마가 걸려있다. 헉. 예쁘다.
"이걸로 하지."
"어머! 역시 선비님 눈이 높으시다니까요."
 그 옷을 말숙 사장님이 꺼내려는 걸, 황급히 두 손을 뻗어 말린다.
"잠깐만요!"
"왜 그래?"
 그가 빤히 쳐다보면, 나는 마른 침을 한 번 삼키곤 하고 싶었던 말을 외친다.
"저 돈 없어요!"
 어머! 말숙 사장님의 놀라는 소리. 부끄럽지만, 돈이 없는데 어떡하란 거야.
 갑자기 그가 한참을 웃는다. 사람이 심각하게 말하는 데 웃어? 인내심을 발휘해 기기다 대고 진지한 표정으로 다시 한번 돈이 없다고 한다.
"...괜찮아. 내가 사는 거니까."
"맞아요. 선비님은 돈이 많으세요."
 그걸 어떻게 아세요? 하마터면 속마음을 입 밖으로 내뱉을 뻔했다. 결국 옷값은 그가 냈다. 계산할 때 살짝 보니까 내 세달치 수입료. 조선시대 서버는 이정도까지 물가가 다른 걸까?
 옷고름까지 묶고 밖에 나오면, 걸을 때마다 속치마와 치마에서 사각사각 소리가 나는 게 영 익숙치가 않다.

"저... 혹시 이 서버에서 유명인이세요?"
 내 촉이 틀리지 않는다면 이곳 뉴로우는 전부 그를 아는 것 같다. 아까 간식을 사려고 들른 가게에서도, 시장 바닥을 뛰어다니던 아이들도, 심지어 길 잃은 송아지마저 그를 피해 갔다! 미안, 방금 송아지는 좀 과장이 심했다. 어쨌든 그는 분명 보통의 선비 뉴로우는 아닌 모양이다. 도대체 정체가 뭐길래 어떻게 다들 그를 아는 걸까?
 고개를 절레절레 젓더니 부채를 펴 자기 얼굴을 가리는 그. 그리곤 나에게 속삭인다.
"나는, 발명가일세."
 레벨 80의, 이 서버에서는 경험치와 능력치가 매우 높은 편이라고 한다. 그냥 달성하기 어려운 고랩이라 그런거였구나... 에이 난 또 뭐라고.
 시장 뒷동네에 불곰이 산다고 한다. 만나면 무슨 말을 해야하지? 폴을 아냐고?
 어둑해 져서야 도착한 불곰의 집은, 작은 초가집이다.
 무슨 갑질을 한다고 하길래 으리으리한 집일 줄 알았는데, 의외다.

쾅. 쾅. 쾅.

문을 세차게 두드렸는데 반응이 없다.
 다시 두들겨도 마찬가지. 문은 꿈쩍도 하지 않는다. 접속하지 않은 게 아닐까?

도운재에게 물으니, 소매 안에서 챙겨온 노트북을 꺼낸다. 이 서버와는 진짜 안 어울리는 광경이 아닐 수 없다. 그가 도로 내민 노트북 화면을 보면, ID 불곰 옆에 초록색 불이 켜진 모습. 지금 접속중이라고 한다.
 그래서 그가 나타나길 기다리기로 했다.
 달이 떠 오르고, 밤은 점점 깊어가는데... 이건 뭐, 언제 올 지도 모르고.
 완전히 지쳤을 때 쯤, 멀리서 누군가 걸어오는 게 보인다.
 "이쪽으로 온다."
 담벼락 사이에 몸을 숨긴다. 그냥 행인일까? 숨죽인 채로 기다리는데, 두근두근 심장이 떨려온다.
 불곰 집 앞에서 멈춰 선 그림자. 어두운 곳에서 봐도 어깨가 넓고 다부진 몸이다. 그가 집으로 들어가려던 찰나, 우리가 동시에 뛰쳐나가 닫히려는 문을 붙잡는다.

 "사람을 찾고 있소."
 내가 막 말하려는데, 도운재가 먼저 나선다.
 "뭐야, 누구쇼?"
 특이하게도 실눈을 설정한 듯한 뉴로우. 눈이 하도 작아 우리가 말을 건 게 불쾌한지 표정이 보이지 않는다. 얼굴을 잊을세라 화면 캡처를 하면, 플링 메타버스 사진첩에 그 얼굴이 남겨진다.
 "불곰이라는 사람, 혹 아시오?"
 "모르는 사람이요."
 더 이야기를 하기 전에 새빨리 그가 문을 닫으려고 하는데, 내가 사이를 비집고 먼저 문 안으로 들어가 버린다.
"정말 불곰을 모르세요?"
"논리적으로다가, 왜 내가 불곰을 안다고 생각하쇼?"
 말하는 그의 동공이 좌우로 흔들린다. 게다가 잠깐, 이런 말투... 유죄인 피의자는 오히려 논리를 따진다던 범죄 심리 강의 내용이 어렴풋이 떠오른다. 내가 고개를 갸웃하자 그가 서둘러 말을 덧붙인다.
"내 전 재산을 걸고 맹세하는데, 그런 사람 모르오."
 저 표정 또한 강의 중에 잠깐 봤던 거짓말 할때 생겨나는 얼굴 주름을 짓고있다... 뉴로우가 이 부분까지 반영했을 줄이야! 나가라며 밀어내는 상대를 보며 말한다.
"당신이 불곰이지!"
 내 100% 확신에 찬 외침. 순간 놈이 달아나기 시작하는데... 쏜살같이 집 뒤편으로 가더니 담을 넘어 도망쳐 버리는 모습. 허망하게시리 뭘 해보지도 못하고 놓쳤다.
 알아낸 게 아무것도 없으니 제자리. 이대로 있을 순 없다.
"집이라도 살펴보죠. 중요한 게 남아있으면 찾으러 오지 않을까요?"
 실낱같은 희망을 걸며 안으로 들어간다.

 마당에 서면, 아궁이가 있는 부엌이 가장 먼저 보인다. 그리고 좌우 양쪽으로 마주선 2개의 방문. 오른쪽 방문을 열고 들어가 본다. 안쪽에 바닥부터 산처럼 쌓인 조각들의 모습. 어디서 본 것 같은데... 코끝에 맡아지는 달짝지근한 향. 순간, 아이들과의 기억이 떠오른다.

팡팡이다...

 들어가다 실수로 하나 밟자, 팡 터지는 소리와 함께 퍼지는 달콤한 향. 순간적으로 코를 틀어쥔 내가 도운재에게도 코를 가리라는 손짓을 하자 뭣도 모른 채 따라서 막는다. 10초가 지나가면 상관없다고 그랬다.

 팡팡이 쌓인 곳 옆으로 상자들이 놓여있다. 상자 하나를 뜯어보면, 안에 팡팡이 들어 있다. 이렇게 상자에 넣어 배달하는 걸까? 생각하는 찰나,

 하나 집어 든 도운재의 손에서 팡! 소리를 내며 터져버린 팡팡. 심하게 기침을 하던 도운재가 갑자기 머리를 부여잡은 채 바닥에 쓰러진다.

 여기서 나가야해!

 그를 붙잡고 밖으로 끌어내려는데, 꿈쩍도 안 한다. 설상가상으로 달콤한 향이 콧속으로 파고들며 주위가 아득해지기 시작하는데... 나부터 먼지 정신 차려야대! 지연이 말하길, 물이 효과적이라고 했었다.

 부엌으로 뛰어들어가면, 항아리에 물이... 있다! 머리 채 항아리 속에 담그면, 휴우~ 정신이 돌아온다. 옆에 있던 바가지에 물을 떠서 방으로 돌아간다.

촥!~

 물을 도운재의 얼굴에 끼얹자, 순간 몸을 일으키는 그. 그때를 놓치지 않고 그를 밖으로 끌어낸 후, 방문을 닫는다.

여긴 함부로 들어가면 안 되겠어.

"팔선녀... 팔선녀"
마당에 철푸덕 앉더니 양손을 앞으로 뻗은 채 휘적거리기 시작하는 도운재. 도대체 왜 저러고 팔선녀는 다 뭐야?
다시 부엌에서 물 한 바가지를 더 가져와 끼얹으면, 제대로 정신이 돌아왔는지, 왜 그러냐며 따진다.
"내가 팔선녀라고 했다고??"
"하~ 진짜라니까요!~"
미치고 팔짝 뛸 노릇. 방금전까지 지가 한 걸 전혀 기억하지 못한다.
어떻게 이럴 수가 있지? 라는 듯, 도운재가 전혀 믿지 못하겠다는 표정을 짓는다.
"팡팡이란 게 뭔지 알아봐야겠어."
"알 수가 있어요?"
아는사람에게 부탁하면 방법이 있을거라고 한다.
혹시몰라 코를 틀어막은채 다시 방에 들어가 팡팡을 챙겨 나오면, 도운재가 보따리를 펼쳐 소매춤에 챙긴다.

"근데, 팔선녀가 뭐에요?"
돌아가는 길에 내가 묻는다. 문득 궁금해졌다.
잘 걸어가던 도운재가 고장 난 장난감처럼 삐걱거린다. 갓을 고쳐 쓰더니 헛기침을 하는 그. 결심한 듯 돌아선다.

그의 말에 따르면, 팡팡이 뭔지 몰랐던 그는 분홍색 막 안에 들어있는 내용물이 궁금했다. 살짝 눌렀는데, 이게 갑자기 터져버렸다. 세탁기에 넣는 캡슐 세제같이 생겨서 쉽게 터지진 않을 줄 알았는데 말이다.
 갑자기 달콤한 냄새가 코를 찌르더니, 눈앞에 무릉도원이 펼쳐졌다…
 환상적인 공간이었다. 폭포수가 떨어지는 아래로, 옥색으로 만들어진 정자가 하나 있었다. 구름 사이를 날아 가까이 다가가니, 한 무리의 선녀들이 수다를 떨고 있었고, 그중 한 선녀가 나와 내기 장기를 권했다.
"선비님이 이기시면 팔선녀 궁으로 초대하지요."
"내가 지면?"
"그땐 가지고 있는 걸 전부 내놓으셔야 합니다."
 대답한 기억이 없는데 장기를 두기 시작했다. 곁에 둘러앉아 하하호호 떠드는 선녀들을 아득하게 바라보며 부르는데…
 내가 뿌린 물을 맞고 깼다고 했다. 내가 그를 잡아끌고 방 밖으로 나갔던 일은 기억하지 못하는 것 같다.
"이게 뭔지 알아보러 가보자고."
 알만하다는 사람이 있는 곳으로 이동하려는데, 알림이 뜬다.

[*경고* 플링 메타버스에 오래 접속하고 있습니다. 휴식을 취하세요.]

그렇게 오래 됐었나? 물어보니, 그도 나와 똑같은 쪽지가 떴다고 한다. 우리는 고민 끝에 계속 진행하기로 한다. 때론 망가지더라도 계속 나아가야 할 때가 있다. 우리에겐 그 때가 지금이다. 도우리를 구하기 위해서. 그리고 이 알 수 없이 찝찝한 팡팡의 정체를 밝혀내기 위해.
모든 문제가 팡팡에 연관 돼 있다.

허름한 초가집.
연기 자욱하게 피어오르는 쪽을 가보면, 집 옆 3개의 아궁이에 전부 거대한 솥이 올려져 뭔가를 끓이는 모습. 그 앞으로 다 풀린 상투의 뉴로우가 부채질을 하며 앉아있다.
"명이, 자네 잘 있었는가?"
"운재 아닌가! 이게 얼마만이야."
둘은 냅다 끌어 안더니 서로 안부를 교환한다. 나는 멀찍히 떨어져 괜히 뒷머리를 긁고 있는데, 도운재가 오라며 손짓한다.
"설마, 혼인할 처자?"
"그동안 농담이 늘었구만. 인사 하게. 이쪽은 이모나."
꾸벅 인사하면, 상대가 말을 늘어놓는다.
"모나! 고운 이름이야. 이태리에 자네와 비슷한 이름의 그림이 있지. 모나리자는 레오나르도 다빈치라는 화가가 그린 그림인데 말이야,"
이름이 뭐랍시고 조선 화가 다 냅두고 이태리라니, 저 풀어헤친 상투머린 또 뭐며...
"이봐, 그만. 그만. 또 말이 길어지겠어."

명이라는 뉴로우는 친구? 한참 신나서 나와 도운재에게 말을 쏟아내던 뉴로우. 갑자기 자기 이마를 탁 치더니, '내 정신 좀 봐! 다 태우겠군!' 이라고 소리치며 가마솥 하나의 뚜껑을 연다.

순간 주위에 퍼지는 엄청난 연기. 잠시 후, 가마솥 안에 내용물이 보이는데, 풀? 녹찻잎 같기도 하다. 그가 커다란 주걱으로 정체 모를 풀을 볶기 시작한다.

"이건 병풀인가?"
"그렇다네. 병풀을 볶아 차로 만들려고 하네."
대답하는 그가 다른 가마솥에 들어있는 병풀도 볶기 위해 뚜껑을 연다. 밀려드는 연기에 뒤로 물러나야 할 지경. 볶아지는 병풀 냄새가 사방에 진동한다.

왠지 모르게 마음 한켠이 편해지는 냄새. 숨을 깊이 들이마시자 점점 더 편해진다.

"...저 뉴로우는 누구세요?"
"명이 말야? 명이는 뉴로우가 아니고 NPC다."
엥?! 뉴로우가 아니라 NPC라니! 다른 게임에서와는 달리 플링 메타버스는 플레이어의 조력자 역할을 하는 시스템 설정인 NPC들이 숨어있다. 뽑기처럼. 이들을 보통의 플레이어와 구별해 내는 건, 웬만큼 친해지지 않고서는 힘들다. SF영화에서 인간과 완전히 똑같이 생긴 안드로이드를 구분하는 게 힘든 것처럼 말이다.

NPC는 뭐가 얼마나 다른 걸까? 그리고 도운재는 저 NPC

와 어떻게 친해진 거지?

"이봐! NPC는 처음 본다고 하네."

"내 이름은 동명일세."

NPC 동명은 산 속에서 사는 명의 설정이라고 한다. 조선 시대 서버에서 그를 뛰어넘을 의학 지식을 가진 뉴로우는 없어서, 아프거나 의학적 도움이 필요한 뉴로우들이 간간이 그를 찾아온다고.

"이 안에 든 성분이 무엇인지 알고 싶네."

팡팡이 든 보따리를 펼쳐놓는 도운재. 팡팡은 터지지 않고 잘 담겨있다. 동명이 보따리에 손을 뻗자, 조심히 만져야 한다고 당부한다. 동명은 고개를 끄덕이며 팡팡을 살핀다.

"잘못 터트려 날린 가루를 마셨는데, 이상한 헛 꿈까지 꿨지뭔가."

"흠. 알겠네."

동명은 보따리째 들어 마당에 있는 평상 위에 올린다. 그리고 방 안에 들어가 희한하게 생긴 기구들을 가지고 나왔다. 절대로 용도를 알기 어려운 물건들이다.

우리는 평상에서 좀 떨어진 마루에 앉아 동명이 하는 일을 지켜본다.

흰 천으로 코와 입을 단단히 여미는 그. 유리상자 처럼 생긴 기구 안에 팡팡 하나를 넣는다. 안으로 손을 집어 넣어 바늘로 팡팡을 터트리면, 기구 안에 퍼지던 가루가 연결된 다른 병에 모인다.

시약이 담긴 병들을 꺼내, 가루가 담긴 병에 한 방울 씩 떨어뜨려 반응을 확인하는 작업이 이어진다. 실험을 하는 듯 싶다. 각 시약이 닿은 가루가 보인 반응을 옆에 둔 공책에 붓으로 기록한다.

시약 실험이 끝난 듯, 팡팡 보따리를 챙겨든 그가 우리 쪽으로 다가와 흰 천 2개를 건넨다.

"이걸로 코와 입을 가리고 나를 따라오게."

그가 향한 곳은 닭 사육장.

닭 1마리를 꺼내 앞에서 팡팡을 터뜨린 후, 풀어두고 지켜본다.

꼬꼬, 꼬꼬 소리를 내며 잘 돌아다니는 닭. 몇 분이 지나도 바닥을 쪼며 먹이를 찾는, 멀쩡한 모습이다.

닭 1마리를 더 꺼낸다. 이번에는 팡팡을 손에서 터뜨린 후, 묻어난 걸 먹인다. 그의 손을 벗어난 닭은 멀쩡한가 싶더니, 이내 바닥에 쓰러져 데굴데굴 구르며 소리를 낸다. 왜저래?? 마치 내가 봤던 도운재의 모습과 비슷해 보인다.

"직접 먹어야 환각이 보이는 것 같네만, 냄새를 맡아도 같은 증상을 보이는 것 같네. 플링 메타버스의 모든 동물은 아직 후각 업그레이드 전이라네."

모든 실험을 마친 듯, 손을 씻고 돌아온 동명이 말한다.

"그리고 성분 분석을 해봤는데, 이건 양귀비일세. 디지털 아편."

아편이라면, 마약? 팡팡이 마약이라면 도운재가 제정신이 아니었던 것도, 폴이 죽은 이유도 설명이 된다. 디지털 마약이라니... 이게 도대체...

"동명 선생님!!!"
 누군가 대문을 박차고 들어온다. 포졸 옷을 입었는데, 뭐지?? 동명이 또 왔구만, 소리를 내며 혀를 찬다.
"이게 뭔지 아십니까?"
 뉴로우가 동명에게 보여준 건 다름아닌 팡팡! 아니, 왜 저게 저기에...? 나와 도운재가 동시에 달려들며 어디서 났는지를 묻는다.
"어제 여관에서 발견했습니다."
"누가 가지고 있었나요?"
"수사중입니다. 실례지만 누구십니까?"
 혹시 경찰? 그렇다면 지금까지를 통틀어 처음 만나는 경찰이겠지만, 에이 설마... 플링 메타버스에 탐정은 있을지 몰라도, 경찰은 없다. 왜 그런진 잘 모르겠다.
"탐정 이모나 입니다."
"탐정이요??"
 뉴로우가 고개를 갸웃 거리는데, 내게 조선시대에 탐정이란 직업은 없다며 도운재가 작게 속삭인다. 이곳의 세계관을 존중하라는 얘기.
 동명은 그 뉴로우에게 마침 똑같은 것의 성분을 분석했다며 아까 적었던 공책을 보여준다. 우리에게 했던 설명을 똑같이 해주며...

"이 공책은 잠시 빌려 가겠습니다."

"혹시 팡팡을 가지고 있던 사람을 찾으러 가시나요?"
"이걸 말하는 겁니까?"
 뉴로우가 손에 든 팡팡을 들어보이면, 나는 맞다고 고개를 끄덕인다.
"저희도 같이 가도 될까요?"
"그래, 같이 가세나."
 우리가 동시에 달려들어 부추기는데, 뉴로우의 표정이 좋지가 않다.
"이건 정식 수사입니다."
"에헴... 내가 돈이 좀 있네만."
 손으로 돈 모양을 만들어 보이는 도운재. 꽤나 진지한 저 뉴로우는 조선시대 포졸놀이 중이겠지. 돈 주겠다는걸 마다할 뉴로우는 플링 메타버스엔 없다.
"저는 진짜 경찰입니다. 플링 메타버스와 공조해 수사 중이고요. 죄송하지만, 민간인은 수사에 참여할 수 없습니다."
 말을 마친 후 경찰증을 꺼내 보이는 뉴로우. 마포서... 고우엽 형사라고 커다랗게 적혀있다.
 나와 도운새가 농시에 고개를 돌려 동명을 쳐다보면,
 현실에서 진짜 경찰이며 플링 메타버스에는 영장을 제출해 수사중인 게 맞다고 한다.
 진짜 경찰이였어... 벙찐 우리를 둔 채, 고형사가 밖으로 먼저 사라진다.
"따라가자."
"경찰 뒤를 쫓자고요?"

이대로 포기할 거야? 도운재의 말이 귓가에 꽂힌다. 그럴 순 없지. 이렇게 팡팡이 돌아다닌다는 말은, 지금 폴을 대신한 누군가가 똑같은 일을 도우리에게 시키고 있다는 말인지도 모른다. 심지어 팡팡이 디지털 마약이라니... 당장 도우리를 찾아내야 한다. 분명 저 경찰이 못본 걸 우리가 잡아낼 수도 있을 거다.

눈 앞에서 어디론가 가는 고형사.
눈치채지 못하게 적당히 거리를 지키며 따라가면, 그가 기와집 안으로 들어갔다. 아니, 들어가려고 했다.
'서문 객잔'이라고 쓰여진 간판. 드물게 2층 짜리다. 여기가 팡팡을 발견했다는 그 여관??...
"언제까지 따라올 겁니까?"
"다 알고 있었나?"
"모를 리가 있겠습니까."
다 알고 있었다니, 역시 경찰은 다른 걸까? 고형사는 계속 우두커니 서 있다. 아무래도 우리를 여기서 돌려보낼 생각인가보다.
"팡팡 운반책이 어떤 특징을 가지고 있는지 알아요."
내 말에 관심을 보이는 고형사. 진짜냐며 묻는데, 말 끝을 흐리며 고형사와 함께 여관 안으로 들어가는 데 성공한다!

"위험한 행동은 절대 하시면 안돼요. 관련 특징이 있는 뉴로우만 확인하고 알려주세요..."
우리는 여관 2층 난간에 자리를 잡는다. 1층이 훤히 내려다 보이고, 2층도 한눈에 들어오는 자리.
 지연, 지호처럼 레벨이 낮은 뉴로우가 운반책일텐데... 주위를 살피면, 이 안에 레벨이 낮은 뉴로우는 없다. 나타날 때 예의주시하면 된다.

 시간이 흐르고, 홀에서 술과 음식을 즐기던 뉴로우들이 하나둘 방으로 들어간다.
 점점 피곤이 몰려온다. 내일 학교도 가야 하는데...
 도운재에게 물어보니 자기가 알아서 정리할테니까 먼저 가보라고 한다. 연락처 교환 후 플링 메타버스 기계를 떼고 보니 새벽. 얼마 못 잘 것 같다. 우선 자고 일어나서 생각해야지.

 ...알람이 생각보다 길게 울리네...
 비몽사몽 인 채 핸드폰 옆에 있는 사운드 버튼 누르면, 이상하게 꺼지지 않는다. 실눈을 뜨고 보면, 화면에 [이새봄] 이름 석자가 떠 있었다.
 전화네... 전화?!
 "여보세요?"
 "언니, 어디에요? 오늘 왜 강의 안 왔어요?"
 순간, 오후 1시 30분인 시간표시가 눈에 보인다.
 이때까지 퍼질러 자고 있었다니...
 전화 해줘서 고맙다는 말을 하고 통화를 끊는다. 강의를 빼먹다니 미쳤다, 미쳤어.
 부재중 목록을 보면, 강의를 같이 듣는 동기들, 조교, 그리고 아래로 쭉 내리니... 서형사가 연락했다. 얼른 서형사의 메시지를 눌러 확인한다.

[플링 메타버스에서 고우엽 형사 만났다면서? 연락 줘.]

 몇시간 전에 온 연락. 서형사에게 전화하면, 받지 않는다. 급하게 문자를 찍으며 나갈 준비를 한다. 길이 엇갈리지 않기를 바라며 경찰서로 간다.

"모나야, 모나야!"
 서형사가 깨운다. 경찰서 근처 카페에서 만날 약속을 잡고 왔다가 피곤해서 또 졸았다. 그녀도 잠을 못 잔 듯, 퀭한 눈이다. 내가 잠복 중이냐고 묻자, 입가에 검지를 가져다 대며 쉿 소리를 낸다.
"어제 부터 하고있다... 그나저나, 너 말야. 고우엽 형사가 좀 싫은 눈치던데,"
 뭐 잘못한 거 있어? 물어오는 서형사.
"고형사님이요, 벨라지오 때 옆에 같이 있던 그 형사님 맞죠?"
"맞아, 잘 기억 하네."
 플링 메타버스에서 고형사를 마주친 일에 대해 얘기한다. 그가 얼마 전부터 마약반과 손잡고 플링 메타버스에서 일어난 마약 사건을 캐고 있다는 것까지. 수사 기밀을 떠벌리는게 아닌가 부담스러웠는데, 서형사가 눈치채고 오늘 아침 뉴스에 이미 다 나왔다며, 뉴스 좀 보라는 핀잔을 날린다. 아마 어제 동명이 준 분석 결과가 결정적 증거가 된 모양이다.

"폴은... 어떻게 죽은 건가요?"
"폴? 아, 그 공사장에서 발견된 신원미상자?"
 폴의 신원은 아직 밝혀지지 않았다고 한다. 불법 입국을 한 외국인이거나, 어떤 이유에서든 출생신고를 안했다는 뜻이다. 폴의 사망 원인을 밝히려면 갈 길이 멀었다.
 진짜 문제는 팡팡이라는 것. 메타버스용 디지털 마약은 이 사례가 첫 발견이었다. 팡팡은 현재 디지털범죄연구원에서 정밀 분석 중이다.
"도우리는요?"
 만약 도우리를 찾지 못한다면... 상상하기도 싫다.
"관련부서에 조언을 구했는데, 무사 할거래. 내 생각도 그렇고."
 좀더 얘기해 달라고 하자, 서형사는 우선 그들이 마약 조직이라는 점을 말했다. 은폐가 생명인 마약 조직이 목적 없는 살상을 저지르는 일은 드물다고. 내가 알려준 지연과 지호에 관한 정보가 중요 지표다. 마약 조직의 관점으로, 중학생인 도우리를 운반책으로 착각할 가능성이 있다고 했다. 도우리가 이런 상황을 눈치 챘다면, 의외로 별 탈 없이 지내고 있을지도 모른다는 말도 덧붙였다. 과연 그럴 수도 있겠다는 생각이 든다.
 얘기를 더 듣고 싶은데, 도운재에게 연락이 온다. 빨리 플링 메타버스로 들어오라는 쪽지. 서형사에게 고맙다는 말을 남기고, 서둘러 자리를 뜬다.

접속하면 지난번 여관의 그 2층 자리. 바뀐 거라곤 약간 초췌해진 것 같은 도운재의 얼굴 뿐이다.
"뭐야, 여태 접속해 있었어요??"
"미쳤어? 대신 봐주는 뉴로우 쓰면 되는데."
도운재가 나를 보며 손가락으로 돈 표시를 해 보인다. 그가 돈 많은 뉴로우라서 다행이다. 난간에 기대 아래를 쳐다보면, 1층 안쪽에 기본 복장 차림의 뉴로우들이 앉아있다. 기본 복장이면??
"찾던 뉴로우가 나타나서 너부터 부른거야."
"고형사는요?"
"건물 뒤쪽에 있을거야. 지금 쪽지 보내니까, 잘 보고있어봐."
쪽지 보내기는 서로 아이디를 교환할 때 가능한 일. 도운재가 어느새 고형사와 친해진 모양이다.
고형사가 오면, 기본 복장 뉴로우들을 가리킨다.
"저 뉴로우들이에요."
내려가서 잡자고 하면, 기다리라는 말만 되풀이한다. 왜 그래야 하는지 이해되지 않아 화가 날 지경. 저 안에 도우리가 있을 수도 있는데! 고형사가 요지부동이다.
그 사이, 기본 복장 뉴로우들이 1층 방에 들어간다. 얼마나 시간이 흘렀을까? 방에서 나온 뉴로우들이 밖을 향해 걸어 가는데... 이 이상은 못참는다. 고형사의 팔을 뿌리치고 달려 나가려는 찰나,

"지금이야!!"

갑자기 소리치는 고형사. 동시에 문 안으로 들이닥친 포졸 뉴로우들이 1층 방을 향해 몰려간다.

뛰어내려가 기본 복장 뉴로우들 중 도우리를 찾으려고 하는 나. 도운재도 마찬가지다. 마침내 한 명을 잡았는데, 스르륵 사라진다. 접속을 끊은 것이다. 황급히 다른 뉴로우들을 둘러보면, 내 쪽을 향해 검지와 중지를 꼬아 보이는 핑크머리 뉴로우. 저 행운의 손가락표시는??

"도우리!"

순간, 그 뉴로우도 사라진다. 바닥에 털썩 주저앉았는 나. 도우리야. 그 손동작 분명 도우리였어...

"도우리? 우리 찾았어?"

나와 도우리는 서로를 알아볼 수 있는 손동작을 약속한 적이 있다. 기억 속, 탐정의 나날 중 언젠가. 나란히 앉아 이 얘기저얘기 하다가 거기까지 갔었던건데... 그 손동작을 써먹을 날이 올 줄은 꿈에도 상상하지 못했다. 도운재에게 수신호에 대해서 이야기해 주면, 그도 내 옆에 주저앉아버린다. 10초만 빨랐어도, 지금 어디 있는지 물어볼 수 있었을 텐데... 엉엉 울고 싶은 심정이다.

고형사가 들어간 방쪽이 소란스럽다.

"...당신은 변호사를 선임할 수 있고 묵비권을 행사할 수 있으며..."

고형사를 비롯한 포졸 뉴로우가 방에 있는 뉴로우들을 체포 중인 것 같았다. 그말은, 날 이용했다는 건가? 지금 저 뉴로우들을 잡기 위해서? 나는 몸을 일으켜 고형사에게 간다.
"도우리를 놓쳤어요..."
"아니죠, 성공한겁니다. 덕분에요."
 운반책들을 붙잡는게 아니라 이용하다니... 이해가 되지 않는다. 운반책도 마찬가지의, 어쩌면 더 무거운 범죄를 저지른 범죄자일텐데?
 고형사는 그동안 플링 메타버스판 마약이 돌아다닌다는 소문만 무성했었는데, 실제로 검거한 건 처음이라며 대단한 성과라고 치켜세운다. 도대체 누굴 위한 거냐고 따져 묻고 싶지만, 그럴 힘도 기력도 더 이상은 남아있지 않다.
 역시나, 우리가 직접 도우리를 찾아야 했었다...
 나와 도운재는 다시 불곰의 집으로 향한다. 아무리 생각해도 그 정도 되는 양의 팡팡을 버릴 리가 없다. 다른 뉴로우를 시켜 옮기려고 하지 않을까? 그렇다면, 그 뉴로우들 중에 도우리가 있을 수 있고... 이미 다 끝나버린 게 아니어야 할텐데.
 우리는 불곰의 집 부엌에 들어가 숨는다. 대문부터, 두 방까지 다 보이는 최적의 장소다.
"혹시 여기서도 위치 추적 가능해요?"
 만약, 이번에 도우리를 만난다면, 곧바로 찾아 내야 한다.
"그건 해킹용 컴퓨터로 작업해야 해. 게다가 IP도 모르고."
 무슨 얘긴지 몰라 다시 물으면, 지난번 나비 연쇄 살인범 때 위치 추적을 할 수 있었던 이유는 내 뉴로우라서 가능했고. 이번엔 모르는 뉴로우라 위치 추적이 어렵다는 말이란다. 그렇다면, 직접 물어보는 것밖에 방법이 없어지는데...

"도우리 뉴로우, 핑크머리였어요. 아까 본 뉴로우들, 생성된 지 얼마 안 된 것 같았는데, 혹시 머리칼 색상이 핑크인 코드로 찾아보면 찾을 수 있지 않을까요?"

이번엔 대답이 없다. 무언가 골똘히 생각하는 것 같다.

"...혼자 있을 수 있겠어? 네 말대로 생성된 지 얼마 안 된 뉴로우라면, 찾아 볼만 해. 그리고 혹시라도 도우리를 또 보면 나한테 바로 쪽지 주고. 오프라인 알림이 올 수 있도록 설정해 놓을 테니까."

나는 얼른 접속 해제하라고 손짓한다.

그가 사라지면, 정적만 남는 불곰의 집. 어쩐지 으스스한 기분이 들어 양팔로 어깨를 끌어안는다.

5분... 10분...

나도 모르게 꾸벅 조는 데, 어디선가 움직이는 소리.

번쩍 눈이 떠진다.

부엌 밖으로 고개를 빼꼼 빼서 주위를 살피면, 방금 누군가 들어간 듯, 팡팡이 있는 방의 문이 막 닫히고 있다!

숨 죽인 채 안에서 다시 나올 뉴로우를 기다린다. 혹시라도 걸리면 때리고 도망갈 요량으로 앞에 빗자루도 놨다.

한참 후, 마침내 다시 열리는 방문.

검정머리, 그 뒤에 갈색머리, 그리고 드디어,,, 핑크머리가 보인다!

한가득 쌓인 수레를 덮개를 덮은 채로 끌고 나가는 모습. 방에 있던 팡팡을 전부 챙겨 나가는 모양이다.

다급하게 도운재에게 메세지를 보낸다.

[와쓰어요]

 오타가 났지만, 알아들겠지? 제발 도우리의 위치를 알 수 있기를 바랄 뿐이다.

 집을 빠져나와 멀찍이 상황을 지켜보는데, 뒷마당 쪽에 서 성대는 뉴로우가 보인다. 고형사다. 순간 눈을 의심한다. 여길 어떻게 알고 왔지? 뉴로우들에게 고형사는 아직 보이지 않는 위치. 그때 대문 쪽에 불쑥 나타난 뉴로우. 저건, 불곰이다!
"접속 해제해!"
 다짜고짜 소리지르더니 사라지는 불곰. 동시에 나는 핑크머리 뉴로우를 향해 달려간다. 제발 이번 만큼은 사라지기 전에...
"너 지금 어디야!"
"저, 붉은 벽돌."
 팔목을 붙잡았던 핑크머리가 사라졌다. 다른 뉴로우들도 마찬가지. 도우리를 찾을 절호의 기회를 날려버렸어...
"...뭐 하는 거예요?"
 한발 늦게 온 고형사를 향해 쏘아붙인다.
"뭐요? 당신이야 말로, 계속 따라 다니면 공무집행 방해..."
"방해? 도우리가 어디 있는지 알 수 있는 기회였다고! 그걸 당신때문에 망쳤다고!!!"
 눈물이 난다. 이제 경찰이 쫓는다는 걸 그들이 알아차린 이상, 아예 나타나지 않을지도 모른다. 그런데 이상한 점이 있다. 마치 경찰이 온 걸 알기라도 한 듯 나타나 접속 해제하라고 외친 불곰. 도대체 일이 어떻게 돌아가고 있는 걸까?

"이봐."
도운재가 돌아왔다. 어지간히 화가 난 표정. 쓰고 있던 갓을 바닥에 집어던진다.
"알아냈어요?"
"아니. 겨우 핑크머리의 IP를 찾았는데, 접속이 끊겼어. 무슨 일이야?"
내가 옆에 있는 고형사를 가리키자, 도운재는 안 봐도 비디오라는 듯, 고개를 절레절레 흔든다. 도우리의 위치를 추적하고있는 이 상황에 대해 설명하니, 그제야 이해한 고형사가 적잖이 미안해한다.
"그래도, 조금 건진 건 있었다."
"어떤 거요?!"
자리에서 벌떡 일어나는 나를 게슴츠레 쳐다보며, 그가 처음 보는 표정을 짓는다. 혹시 저런게... 컴공과 표정?
"부천시 소사구까지 알아냈지."
그 말에 너무 기쁜 나머지 그를 껴안았다가 곧바로 사과한다. 서로 멋쩍게 웃으며 뒷머리를 긁는데... 어색함을 깨고 고형사가 끼어 들어온다.
"아까 도우리가 뭐라고 하지 않았습니까?"
"아, 접속 해제하기 전에 붉은 벽돌이라고 했어요! 붉은 벽돌 건물에 있는 게 아닐까요?"

고형사는 헤어지며 관할 경찰서에 협조 요청을 보내겠다고 했다. 나와 도운재는 내일 아침 일찍 역곡역에서 만나기로 하고 접속 해제한다.
도우리를 찾는데 성과가 있어 다행인 하루였다.

            A.M. 7:00

시끄러운 알람 소리. 나는 고개를 털며 일어난다.
붉은 벽돌 건물을 찾아야 해.
약속장소에서 기다리고 있는 현실 도운재.
처음 보는 평상복 입은 모습에 하마터면 못 알아볼 뻔했다. 어색하기도, 아니, 어쩐지 자기 뉴로우랑 닮은 것 같기도... 일단 180cm가 넘는 키에 짧은 머리로 농구 잘할 것처럼 생겼다. 내가 아는 공대생 이미지와는 전혀 딴판이라 신기하다. 만나자마자 오빠지? 한마디로 말을 놔버리는 그. 당황해서 어버버거리며 알겠다고 해버렸다. 안돼. 이모나, 도우리 찾는 일에 집중하자. 집중!

밖은 온통 붉은 벽돌로 된 건물들 뿐이다.
관할 경찰서에 들러 받아온 지도를 펼쳐보면, 다행이 이 주변에만 저런 건물들이 몰려 있는 것 같다. 휴...

"대로변은 아닐 것 같아요. 저쪽으로 가봐요."
 일단 더 안쪽으로 들어간다.
 지나쳐가는 곳에 엑스표를 치니, 곧 지도 표시에 반절 이상 엑스표가 그어진다. 이제 남은 건물은 몇 개 되지 않는 상황. 이 안에 있어야 할텐데... 불안한 마음이 밀려든다.
 도우리가 납치된 지도 이제 3일 째. 오늘은 반드시 찾아내야 한다.
 생각을 해 모나야. 넌 할 수 있어.
 ...그래, 그 오피스텔.
 외진 곳에, 건물 전체를 다 사용하는 것 같았다. 1층의 경비실이 모든 걸 감시할 수 있는 공간이고... 어쩌면 지금 찾는 붉은 벽돌 건물도 1층에 경비실 같은 공간이 있을 지도 모른다.
 지금까지 본 붉은 벽돌 건물은, 허름한 연립주택이거나, 낮은 층수의 상가건물. 당연히 경비실은 없었다. 길 한 켠에 서서 주욱 건물들을 살피면, 맨 끝의 건물이 시야에 걸린다.
 경비실이 있다.

 어쩐지 으스스한 기운이 감도는 7층 짜리 건물. 슬쩍 옆에 붙어 경비실을 살피면, 라디오가 켜진 채로, 사람은 없다. 1층은 카페. 2,3층은 학원, 그 위로는 오피스텔인 구조. 어째 지난번과 비슷해 보인다.
 우선 3층을 누른다.
 엘리베이터 문이 열리기도 전에 틈새로 들어오는 학원생

들의 떠드는 소리. 이건 아니다.
 4층 복도에 나오면, 어느 집 밖으로 막 아이와 엄마가 나오는 모습. 우리를 지나쳐가며 수상한 듯 위아래를 훑는다.

"여기도 아니면, 이제 더 갈곳도 없네요..."
"그러게 말이다."
 7층까지 다 가봐도, 별 다른 단서를 찾지 못했다. 자포자기 한 상태로 터덜터덜 길을 걷는데, 내 옆을 스쳐 지나가는 한 아이. 문득 돌아보면, 어딘가 낯익은 뒤통수다.
"잠깐만요."
 나는 목소리를 낮춰 도운재에게 말한다. 발걸음을 멈춘 그가 무슨 일이냐며 묻는 표정. 순간 그를 근처 골목에 밀어 넣고, 지나간 아이의 뒤통수를 눈으로 쫓는다. 내 촉이 틀리지 않는다면 저건 반드시,
"지호? 그 갇혀있었다던 애 말이야?"
 나는 말없이 고개를 끄덕인다.

 앞서가는 지호는, 혼자 구불구불한 길을 잘도 걸어간다. 이 동네가 자기 동네도 아닐텐데...
 간간히 길 가에 세워진 볼록거울 앞에 멈춰서는 지호. 그럴 때마다 꼭 뒤에 있는 우리를 체크 하는 것 같아 간담이 서늘하다.
 언덕을 지나 담벼락 안으로 사라지는 지호. 가보면, 붉은 벽돌로 지어진 작은 아파트다.
 그 앞에 멈춰선 채, 잠시 서로를 바라보는 나와 도운재. 찾

았다는 기쁨에, 그 다음엔 어떻게 해야할지 고민이다.
 일단 서형사에게 연락 한다. 이미 고형사에게 내용을 전달 받고 상황을 아는 그녀. 기다리고 있었다는 듯, 바로 온다고 한다.

"모나야!"
 서형사 옆에 고형사가 같이 왔다.
"저 건물 안에 있는 건 확실해요."
"지원 인력도 곧 올거야."

 화단의 나무 뒤에 숨어 선 네 명.
 그 너머로 아파트 출입구가 바라보인다.
 봄 치곤 제법 더운 날씨. 후드 목 부분을 늘어뜨린 채 손부채질을 시작한다. 그리고 보니 네 명이 전부 검은색 옷을 입고 있다. 졸지에 잠복 4인조라니...
 초조하게 핸드폰을 들었다 놨다 하는 서형사. 어쩐 이유인지는 몰라도 예상보다 늦어지는 게 분명하다.
 저 건물 안에 도우리가 있다. 이제 조금만 더 있으면 도우리를 구할 수 있어!... 마음이 벅차서 요동질을 치는데,
"거기 누구야."
 갑자기 뒤에서 굵은 목소리가 들린다.

5장. 1.5회차 인생

천천히 뒤를 돌아봤다. 그 시간이 마치 억겁처럼 느껴졌다. 돌아본 자리에는 머리가 희끗한 할아버지 한 명이 서 있다.
 놀라 기절할 뻔 했네. 가슴을 쓸어내리며 참았던 숨을 몰아쉰다.
 "도둑고양이 맹키로 뭐하고 있는 겨~"
 할아버지는 뒷짐을 지고 우리에게 한 마디 툭 내뱉고는 갈 길을 간다. 어쩐지 억울한 놀람. 그게 나 뿐만은 아닌 듯, 옆에서 다들 비슷한 느낌으로 한숨을 내쉰다.
 "도우리 납치범인 줄 알았네요..."
 "아! 안 그래도 납치범에 대한 정보가 있는데,"
 서형사가 숙이라는 손짓을 한다. 손짓에 맞춰 어깨를 낮춘 채 서형사에게 더욱 바짝 다가서는데, 고형사가 그 사이를 비집고 들어온다.
 "선배님. 말해도 됩니까?"
 "지원이 틀어졌어. 우리 둘이서 저기를 감당할 수 있을것 같지?"
 붉은 벽돌 아파트를 가리키는 서형사. 저 건물 안에 있는 놈들은 분명 어떤 대비를 한 상태일 거다. 지원도 없이 들어간다면, 아무도 결과는 장담 못한다.
 더 따지고 싶지만, 마땅한 말이 떠오르지 않는 듯 고개를 푹 숙이는 고형사. 서형사가 다시 나와 도운재에게 고개를 돌린다.
 "도우리를 납치한 놈들, 마약 범이야."

몇 년 전. 인터폴과 합동으로 쫓던 마약범들이 인천에서 흔적도 없이 사라진 적이 있다. 메타버스가 앞다퉈 만들어지던 때여서 한동안 형사들 사이에선 메타버스로 도망쳤다는 농담이 돌기도 했었다.

그런데 작년부터 이상한 신고들이 접수되기 시작했다. 플링 메타버스에서 벌어진 일로. 경찰이 이 신고를 마약과 연결했던 이유는, 플링 메타버스는 다른 메타버스에 비해 오감을 잘 느낄 수 있었기 때문이다.

메타버스에서 특정 감각을 느끼는 행위는 불법이 아니다. 그렇기에 디지털로 무대를 바꾼 그들이 그 틈을 비집고 메타버스에 뿌리를 내리려고 하는 지도 몰랐다. 메타버스에서의 금전거래는, 현실과 동일한 가치를 지닌 반면 추적이 불가능한, 놈들이 활개를 칠 만한 조건을 갖췄으니까.

갑자기 그 몇 년 전 마약범들 실종 건 까지 소환되어 재수사가 시작됐다.

"두목 이름이 미스터 M이야."
"미스터 M? 왜 그렇게 부르는 거예요?"
좀더 물어보면, 서형사가 설명을 고형사에게 미룬다. 수사 기밀이기 때문에 어디 가서 절대 말하지 말란 말을 신신당부하는 고형사. 어렵게 이야기를 꺼낸다.
"미스터리니까. 어디에서 왔는지, 누구인지도 불분명하고. 심지어 메타버스로 사라졌다는 소문이 돌 정도니 말 다했지. 미스는 이상하다고 해서, 미스터를 붙인거야, 형사들끼리."

 나는 재빨리 미스터 M을 탐정 수첩에 적었다. M에 동그라미를 치고 옆에다 '여자? 남자?'를 달아놨다.
 현실 마약을 메타버스에서 실현했다면, 프로그래머를 끌어들인 걸까? 예를 들어 메타버스를 만든 프로그래머라던가...
 생각을 굴리고 있는데 서형사가 손을 들어 한 쪽 방향을 가리킨다. 보면, 지원 요청했다는 특수 요원들의 모습. 검은 차에서 내리는 한 무리의 요원들은 머리부터 발끝까지 완전 무장한 상태다. 지금 날 갖고 노냐는 듯한 표정으로 바라보는 고형사에게 한쪽 눈을 찡긋 해 보이는 서형사. 그 중 한 명이 다가온다.

"타깃 얼굴 확인 바랍니다."
 검은 헬멧에 가려 얼굴이 보이지 않는 상대방. 검은색 장갑이 도우리 사진을 보여준다.
"맞아요. 그런데 안에 어린 애 2명이 더 있어요."
"타깃 모두 3명입니다. 스탠바이, 2분 후 진입."
 건물 전체를 포위한 특수 요원들. 혹시 모를 위험에 대비해 에어 매트리스도 건물 앞뒤로 설치됐고, 구급차도 도착해 있다. 정말 만반의 준비를 끝낸 모양이다.
 서형사는 우리를 작전 차량으로 데리고 갔다. 모니터 화면들에, 온갖 장비가 즐비한 대형 트럭 컨테이너다.
 모니터 화면으로 건물에 진입하는 특수 요원들의 모습이

실시간으로 송출되고 있다.
"사람은 현재 5층에만 있는걸로 파악됩니다."
 모니터 앞에 앉아있던 경찰이 서형사에게 말한다. 저 건물에 그정도로 사람이 없었다니... 의외다. 지난 번 오피스텔도 그렇고, 빈 건물에만 들어가는 것 같다.
 4개의 모니터에서 각기 다른 영상이 흐른다.
 모니터1은 입구를 통해 계단으로 한 층씩 올라가는 중인데, 아직 2층 째다.
 모니터2는 옥상 계단 출입구에 서서 경계하며 대기중인 모습이 보인다.
 모니터3은 건물 정면에 깔린 에어 매트리스를 보여주고 있고,
 모니터4는 건물 뒷편의 에어 매트리스를 보여준다.

 모니터1의 요원들이 드디어 5층에 도착했다.
 맨 앞에 선 요원이 탐지기같은 도구를 꺼내드는 모습.
 ㄱ자로 꺾어진 복도에서 모퉁이를 돌면, 탐지기가 한 곳을 향해 요동치기 시작한다. 모퉁이에서 방 하나 떨어진 곳에 있는, 506호다. 이번엔 쇠뭉치 같은걸 꺼내드는 또다른 요원의 모습. 요원 중 한 명이 손가락으로 3, 2, 1의 신호를 주면, 쇠뭉치로 문을 박살내고 쳐들어간다!
 안쪽에서 엉거주춤 서있던 남자 한 명이 손에 칼을 꺼내 쥐는데, 곧바로 테이저건에 맞아 바닥에 쓰러진다.
 506호에는 저 이상한 남자 한 명이 있었을 뿐, 아이들은

보이지 않는다. 분명 지호가 들어가는 걸 봤는데?? 초조해질 무렵, 장롱 안쪽에 숨어있는 아이들 3명이 보인다!
 도우리가 지연과 지호를 끌어안고 있다.
 요원에 의해 장롱에서 꺼내지는 아이들. 특수 요원의 모습에 겁먹은 표정이지만, 제법 침착하게 행동한다.

"도우리!!!"
 달려가 도우리를 껴안는 도운재. 도우리가 그제야 펑펑 울기 시작한다. 나는 구급차 앞에서 검사를 받고있는 지연과 지호에게 다가간다.
"다친 덴 없어?"
 나를 보며 말없이 고개를 젓는 아이들. 지쳐보이는 아이들과 함께 구급차에 올라타면, 도운재와 도우리도 뒤따라 탄다.

"...그때 내가 달렸어야 했는데, 미안하다."
"아니에요. 제가 뛴 걸요."
"그니깐 네가 왜 뛰냐고!"
 옆에서 도운재가 화를 낸다. 그럴 만도 하다. 지금까지 얼마나 많은 일이 있었는지, 아마 쟤는 상상도 못하겠지.
 구급차가 출발하기 직전, 서형사가 찾아온다.
"아이들은 다 괜찮아?"
"네. 덕분에요. 형사님이 도와주셔서 찾을 수 있었어요."
 지금은 병원 가는 게 우선이다. 뭔가 물어보려는 서형사를 만날 약속을 잡은 후 보내면, 구급차가 쏜살같이 병원으로 향한다.

"저항하면서 차에 탔는데, 그 뒤로 기억이 없어요. 눈 떠보니 침대 위였고."
 도우리가 이야기를 시작한다. 무슨일이 있었는지 알아야 해서 안 물어 볼 수 없었다.
 도우리가 처음 도착한 곳은, 좀 전과 비슷한 또다른 장소. 감시하는 사람과 한 방에서 생활하는데, 플링 메타버스에서 팡팡을 배달 할 아이들이 함께 생활하는 숙소였다. 곧 지연과 지호가 잡혀와서 알게됐다고.
 첫 끼니로 준 빵을 천천히 먹는다는 이유로 심하게 맞고는, 그 후론 무조건 시키는 대로 하게됐다고 하며 흐느끼는 도우리. 어쩐지 지호가 교육실이란 곳에서 만난 건, 이런 종류의 폭력이였을지도 모른다는 생각이 스친다.
 그렇게 주문이 들어오면, 플링 메타버스에 접속해 팡팡 배달을 했다고. 직전의 소동 후, 세 명씩 아이들을 흩어놓았는데 지연과 지호와 함께 그 빨간 벽돌집에 남게 됐다는 스토리. 도우리는 내일 저녁 6시에 업그레이드 팡팡이 나온다는 얘길 들었다는 걸 끝으로 말을 마친다.
 가끔 근처 다른 숙소로 심부름을 시키는데, 제일 말을 잘 듣는 지호가 갔었다는 그 순간을 운 좋게 마주친 게 신의 한 수. 거기다 구출한 세 명이 내 조수 도우리와 이번 사건의 진정한 의뢰인, 지연과 지호라니... 이건 하늘이 두 번 도왔다!

병원에 도착한 후, 도우리는 각종 검사를 하기 위해 입원했다.
 절대 안정이라는 명목하에 면회는 가족에 한해서만 이뤄졌다. 지연과 지호의 가정폭력사실도 신고했다. 아동학대 관련 단체를 통해 가해자인 부모와의 분리를 시킬거라는 병원측의 이야기를 아이들에게 알려 안심할 수 있도록 했다. 옆에는 도운재가 같이 있었다. 있는 듯 없는 듯, 차분하게 내 일을 도와줬다. 나는 새삼 고마운 그에게 자판기에서 음료수를 뽑아 건넨다.

"덕분에 일이 잘 정리됐네요. 고맙습니다."
"별거 아냐. 그것보다 이제 어떻게 할거야?"
"우선 서형사랑 얘기해봐야 할 것 같아요."
 팡팡으로 사람이 죽었다. 이대로 두면, 플링 메타버스에서 앞으로 얼마나 더 많은 희생자가 생길지 모를 일. 내일 있을 팡팡의 중요 정보를 알게 된 이상 가만히 있을 순 없다고 말한다.
"나도 도울게."
 말을 꺼낸 후, 머쓱하단 표정으로 뒷머리를 긁는 도운재. 밥을 기다리는 강아지처럼 귀여워운데? 으앗! 귀엽다니.
 이건 매우 합리적인 행동이야. 그가 해킹으로 위치 추적을 할 수 있을 테니 일이 쉽게 풀릴 거고. 암, 그렇고 말고.

오후 4시.
카페에는 서형사와 고형사가 피곤에 절은 얼굴로 기다리

고 있다. 도운재와 나란히 아이스 아메리카노를 시켜놓고 그 앞에 앉아 좀전의 구급차에서 도우리에게 들은 얘기부터, 지금까지 알아낸 모든 정보를 전달한다.

"...NPC 동명 말로는 팡팡 성분이 양귀비랬어요. 양귀비는 조선시대 서버에서만 구현되는 코딩이고요. 만약 팡팡이 디지털 마약이라면, 현재로선 이 양귀비 말고는 팡팡의 존재를 설명할 코딩은 없어요. 다른말로, 조선시대 서버가 이 모든 악의 뿌리란 말이죠. 여기를 치면, 다른 곳도 돌이킬 수 없는 타격을 줄 가능성이 큽니다."
 도운재의 말에 옆에 있던 고형사가 고개를 끄덕인다.
 짐짓 심각해진 분위기. 그러나 결국 새로운 물건이 나오는 시점이 내일 저녁이라는 것 외에는 확실한 뭔가가 없다...
 우리는 플링 메타버스에 접속해 최대한 단서를 찾아보기로 했다. 더 강력한 팡팡이 나올 때까지 앞으로 남은 시간은 고작 하루. 여기서 막지 못한다면, 어쩌면 플링 메타버스에 손 쓸 수 없을 정도로 팡팡이 창궐하게 될 지도 모른다...
 맨 처음 해야 할 일은 서형사의 신규 뉴로우 생성. 경찰에서 지원한 포졸 뉴로우 대신 직접 새 뉴로우를 생성하자고 의견이 모였다. 그 편이 이번 작전에 여러모로 도움이 될 것 같아서다. 도운재의 집으로 각자의 플링 메타버스 기계를 챙겨 다시 모이기로 한다.

 대학생이 사는 자취방이라기엔 너른 현관부터 부티가 흐

르는 도운재의 집. 서형사와 고형사가 이미 와 있다.
 방은 2개. 첫 번째 방은, 모니터 3개가 달린 컴퓨터와 관련 기기들이 가득 들어찬 모습. 이 방에서 도운재가 해킹을 했었겠지? 나머지 방엔 플링 메타버스 기계 2대와 침대 하나로, 단출 하다. 여기서 우리의 메타버스 작전을 한다.
 서형사에게 플링 메타버스 기계를 사용하는 법과 뉴로우 생성하는 법을 알려준 다음, 조선시대 서버의 중앙 장터에서 만나기로 하고 각자 플링 메타버스에 접속한다.

 다시 불곰의 집이다.
 아마 고형사는 포도청일거고, 서형사는 어디서 오지?
 지도 맵을 켜 중앙 장터 위치를 확인하면, 걸어서 1시간 거리. 생각보다 멀다.
 "말 탈 줄 알아?"
 "말이요? 승마는 해본 적 없어요."
 현대시대 서버에서도 승마를 해본 일이 없거니와, 현실에서도 타본 적이 없다. 말이라니...
 어디서 빌렸는지, 말에 탄 채 다시 나타난 도운재. 내게 손을 내민다. 눈앞에서 벌어지는 이 초현실 적 풍경이라니... 애라 모르겠다. 펄쩍 뛰어 도운재의 허리춤을 붙잡으면, 히이잉. 소리를 낸 말이 달리기 시작한다.

 중앙 장터에 10분 만에 도착했다.
 내가 조선시대 서버에 처음 왔을 때 봤던 그 장터. 여전히 아이들이 뛰어다닌다. 장터 입구로 가면, 포졸 차림의 고형사가 다가온다.
"서형사님은요?"
"아직. 여길 못 찾는 거 아냐?"
 지도 맵을 못 찾았다면 중앙 장터로 오는 길도 알지 못할 터, 흔한 초보적 실수다. 우리는 새로 생성된 초보 뉴로우가 모이는 광장으로 간다.

 주어진 미션을 수행중인 뉴로우들의 모습. 그 사이로 활을 쏘는 족족 가운데를 맞추는 뉴로우가 있다. 짧은 숏컷에 한복 저고리와 치마를 입고 있는, 누가봐도 눈에 띄는 뉴로우다.
"서형사...님??"
 내 말에 활을 쏘던 뉴로우가 몸을 틀어 나를 본다. 겨눈 화살이 정확히 나를 향해서 나도 모르게 몸을 웅크린다.
"어, 왔어? 이걸 해야 밖으로 나갈 수 있다고 해서."
 휘익. 서형사 손 끝에서 날아간 화살이 또 표적 가운데를 정확히 맞춘다. 우리가 오기 전까지 활을 꽤나 많이 쏜 모양. 아마 사용할 돈도 생겼을 것이다. 우리는 광장 밖으로 나간다.

"양귀비 밭에 가보자."
 잠시 기다려 보라는 도운재. 지도 맵을 다시 켜보라고 해서 켜면, 방금 전 까지 간략하게 표시되던 지도가 각 위치에 머무는 뉴로우들의 상태까지, 전부 다 표시된다. 플링 메타버스 관리자가 보는 지도라고 한다.

마차로 30분 거리의 동쪽 오지에 위치한 양귀비 밭. 우리는 지도의 양귀비 밭이 표시된 곳으로 향한다.

 마차에서 내리면, 노을이 지고 있다.
 주변은 온통 키높이로 자란 풀로 빽빽한 숲. 길이 있을까?
 "3시 방향에 있는 밭부터 시작하자."
 서형사가 풀섶을 헤치며 숲으로 들어가고, 고형사와 도운재가 가면, 내가 그 뒤를 따라 간다.
 5분 쯤 들어가면, 눈 앞에 펼쳐지는 온통 꽃 투성이 넓은 밭. 갑자기 확 풍겨오는 열대의 습한 더위. 인위적으로 조작한 것 같은데? 가상세계이니 가능한 일인가...
 걸어 들어갈수록, 꽃향기가 코를 얼얼하게 할 정도로 짙어진다.
 밭 가운데 우뚝 솟은 오두막 하나가 시야에 나타나면, 고형사가 방망이를 꺼내들고 앞장서 걷는다. 아마 포졸이라서 가지고 있는 거겠지? 들 만한게 없던 나는 아이템 창에 있던 장우산을 들고, 내 뒤 서형사와 도운재는 주먹을 쥐고 있다.
 오두막 앞, 찰나의 긴장감. 고형사가 발로 문을 차고 안으로 들어가면, 안에는 아무도 없다.
 4명이 들어서니 좁게 느껴지는 공간. 각종 농사 기구들이 즐비하다. 양귀비 키울 때 사용하는 물건들인가? 특이한 건 구역이 적혀있고 온도와 습도를 조절하는, 온도 조절 장치. 느꼈던 온도 차이가 이 장치때문인 것 같다.
 "전부 얼려버리는 건 어때요?"

도운재가 제안한다.
"안돼. 놈들이 알면 절대 모를 다른 곳으로 번지게 돼. 양귀비보다 놈들이 먼저야."
단호한 서형사의 대답. 오두막에는 어떠한 단서도 없다. 우리는 그대로 오두막을 나온다.

다른 밭을 한 군데 더 가 봐도, 아무것도 없다.
해가 지기 시작하는 상황. 우리는 할 수 없이 둘둘 찢어져 찾아보기로 한다. 나와 도운재, 서형사와 고형사로 흩어진다.
도운재가 든 초롱불에 의지해 도착한 마을.
한 복판의 주막에 들어가 국밥 2개를 시킨다. 어느새 뉴로우 체력이 50%이하로 떨어져 있었다. 체력을 채워놓지 않으면, 얼마 못가 자동으로 접속 해제될 터. 그러면 다시 접속할 때 많은 돈을 들여 체력을 되살린 후에도 12시간은 움직이지 못하게 된다. 현실의 입원상태랑 같다.
다시 체력 100%가 되자 한결 빨라진 걸음. 마을을 돌아다니며 양귀비 밭에서 일하는 뉴로우를 찾아보기로 한다.
수소문 끝에 우리는 양귀비 밭에서 일한 뉴로우 중 그나마 오래 일한 뉴로우를 만날 수 있었다.
마을 입구 초가집에 사는 한감이라는 뉴로우다.

"딜 많이 주니까 하지, 왜 하겠어?"
그로부터 파란 기와집 뉴로우가 양귀비 밭 주인이라는 사실을 알아냈다.

"전송해주지도 않아, 딜 조각을 밭 가운데 있는 오두막에 떨구더라고."
"수확하면 어디로 가져 가세요?"
"그집 뒷편 창고. 매일 가득 채우면, 다음날 다 사라지고."
 드디어 뭔가 찾아냈다! 모든 단서가 파란 기와집에 있을 듯 했다. 서형사에게 메세지를 보내면, 답장이 없다.
 시간이 없으므로, 도운재와 둘이서 파란 기와집 습격작전을 짜기 시작한다.

"밭에서 일한다고 해볼까요?"
"면접도 통과해야 하고, 늦어."
"양귀비를 팔겠다고 하면?"
"좀 말이 되는 소릴 하세요~"
 내가 머리를 쥐어뜯자, 내 손을 잡는 도운재. 머리카락 정돈을 해준다.
"양귀비만 생각하지 말아봐."
 머리 위로 물음표가 뜬다. 양귀비 아니면, 양장피라도 생각하라는 거야?
 갑자기 머슴 옷을 꺼내 건네는 도운재. 그가 하라는 대로 착용하면, 내 머리를 상투를 틀어 남자로 변장시킨다.
 어느새 그도 나와 비슷한 옷으로 바꿨다. 그렇게 우리는 파란 기와집 앞에 도착한다.

똑똑똑.

잠시 후, 문이 빼꼼 열리며 뉴로우 한 명이 나온다.
"뭐요?"
"기와 고치러 왔습니다."
"지난번에 왔잖나?"
"그때 다 못 고쳐서요. 뒷편을 봐도 될까요?"
 뻔뻔한 거짓말을 표정 하나 안틀리고 하는 도운재. 저건 거의 나비 연쇄 살인마인데... 뜨악 했지만 최대한 놀란 티를 내지 않으려 노력한다. 나와 도운재를 번갈아가며 쳐다보던 뉴로우가 이마를 긁적이며 대문을 활짝 연다. 가보라며 손짓하더니 집안으로 사라지는 뉴로우. 우리는 재빨리 집 뒷편으로 향한다.
 어쩐지 도운재에게 한 방 먹은 기분. 심장이 터질듯 쿵쾅거린다. 저놈이 혹시 내가 거짓말에 약한 줄 알고서 놀린건가? 그의 등짝이라도 한대 치고 싶었지만 이상해 보일까봐 꾹 참는다.

 창고 건물 하나. 그리고 기와 지붕 위로 올라가는 사다리도 있다. 도운재가 망을 보면, 창고로 들어간다.
 안에는 나무 상자가 차곡차곡 쌓여있을 뿐이다. 상자 하나를 땅으로 내리면, 뚜껑이 못으로 박혀있다. 도운재에게 장도리 아이템을 빌려 열어보면, 팡팡이 있다...
 이전 팡팡과는 뭔가 다르다. 묘하게 더 진해 보이는 분홍색. 우선 하나를 주머니 챙기는데, 밖에서 도운재가 다급하게 소리친다.
"빨리 나와! 누가 와."

서둘러 상자를 제자리에 올리고 밖으로 나가면,
도운재와 사다리를 타고 지붕 위로 올라간다.
 일하는 척 하면, 아래 쪽을 어슬렁 거리는 뉴로우. 아까는
정신없어서 몰랐는데, 이제보니 같은 하인 복장이다. 마치
우리를 감시하는 것 같다.
 눈 앞에서 도운재가 기와를 한 장 떼어낸다. 저건 멀쩡해
보이는 건데, 어쩔 수 없다. 나도 비슷하게 따라 하기 시작
한다. 들어낸 기와 사이로 훤히 보이는 집 내부. 여기까지
는 만들지 못한, 메타버스 상 오류다. 살다살다 이런걸 볼
날이 오다니...
 눈치 봐 가며 기와를 들었다 놓았다를 반복하는데, 손에
잡은 기와를 다시 든 순간, 집 안에서 말소리가 들린다.

"내일 새로 나올 물건들, 잘 준비되고 있지?"
 그대로 얼음이 된 나. 눈만 굴려 도운재쪽을 보면, 그도 온
신경을 집중한 상태다. 아래를 살피면, 집 안에 있는 뉴로
우 얼굴은 보이지 않는다.
"저희 창고에도 몇 개 받아놨고요, 완벽히 준비했습죠."
"똘똘이가 성공했나 보군. 우리 나리들한테 미스터 M이라
불리더니만..."
"지난번 부천 건은 어쩔깝쇼?"
"그건 그냥 잊어 버려~"
 여기서 멈추는 대화. 아래 쪽이 신경쓰이기도 해서, 조용
히 기와를 제자리에 내린다.
 이 사실을 빨리 서형사에게 알려야 한다.

사다리를 내려오면, 다행히 뒷마당에는 아무도 없다. 그대로 앞마당을 지나 대문 밖으로 나오면, 뒤도 돌아보지 않고 동네 어귀로 뛴다.

마을 정승이 있는 곳에 서형사와 고형사가 기다리고 있다. 파란 기와집으로 떠나며 만나자고 해 둔 곳이다. 후다닥 달려가 현실에서 만나자고 말한 후 곧바로 접속 해제해 버린다. 시간이 없다.

"무슨 일이야?"
플링 메타버스 기계를 벗자마자 대뜸 묻는 서형사. 기계를 차례대로 벗은 나와 도운재는 지붕 위에서 들은 정보를 서형사에게 말한다.
"미스터 M을 찾아야 된다라..."
생각에 빠져있던 서형사. 미스터 M에 대해 더 조사한다며 고형사와 함께 경찰서로 돌아간다.
새벽 3시. 남은 시간은 이제 15시간.
나는 도운재의 집에서 하룻밤 머물기로 한다.

'어떻게 하면 미스터 M을 찾을 수 있을까? 그 놈이 어디 있는 지만 알 수 있다면, 진짜 뭔 짓이라도 할 텐데...'
침대 위에 드러누운 채 이런저런 생각을 굴린다.
이럴 때일수록 잘 먹어야 한다며 라면을 끓인다는 도운재. 전혀 뭘 먹을 생각이 없었는데, 입맛을 다시게 하는 라면 냄새가 솔솔 풍기기 시작한다.

테이블 위로 라면 든 냄비와 앞접시 두 개.
앉으라는 말도 없었는데 홀리듯이 자리에 앉아 젓가락을 든다. 허겁지겁 라면을 먹기 시작하면, 맞은 편에 앉아 불쌍한 듯 쳐다보는 도운재. 이런, 날 위해서 끓였네?... 처음으로 어쩐지 미안한 기분이 든다.

"아까 집에 있던 뉴로우는 해킹이 안 되겠죠?"
"얼굴도 못 봤는데 해킹을 어떻게 해."
뒷정리는 내가 하려고 했는데... 그가 어느새 싱크대로 식기를 가져다 놓는다.
"새 물건 가진 놈이 어딨는지 알아내야 할텐데, 아쉽네요."
"어디 있는지는 몰라도, 직접 만날 수는 있다."
"뭐라고요??"
벌떡 일어난 나를 빤히 쳐다보는 도운재. 오랜만에 그 컴공과 표정을 짓고있다.

"확실한 건 아니야."
도운재가 컴퓨터 전원을 켜면서 말한다. 그의 컴퓨터 방에 왔다.
바탕 화면에 있는 자물쇠 모양이 그려진 어플을 클릭하면, ID와 비밀번호를 쓰는 창이 뜬다. 익숙한 듯 접속하는 그.
"일부 플러버들이 사용하는 게시판이지."
"이게요? 아닌것 같은데?"
"까만방이라고 해. 아는 사람만 아는 비밀이다."

인기 게시판, 자유 게시판, 삽니다/팝니다 게시판의 메뉴가 딱 3개 뿐인 단순한 사이트다. 배경이 온통 까매서 까만방이라고 부른다나? 플링 메타버스에서 벌어지는 모든 뒷거래를 여기서 한다고, 인기 게시판에서는 아직도 벨라지오 살인사건의 범인이 회자되고 있다고 한다.
 까만방이라고? 유명 메타버스 탐정인 난 여태 왜 모르고 있었지??... 낯빛이 꺼멓게 내려앉은 내 상태를 아는지 모르는지, 도운재가 자유 게시판에 팡팡을 쳐 넣는다.

 눈에 보이는 제목들만 해도 팡팡이라고 적혀있는데, 검색되는 게시글이 하나도 없다.
 게시글들을 하나씩 클릭해서 내용을 살피면, 전부 팡팡을 구한다는 글과 판다는 글로 뒤섞인 모습. 어떤 이유에서인지 검색이 안되도록 설정된 것 같다. 모든 게시글에 달린 댓글들은 전부 삭제된 상태. 일정 시간이 흐르면 자동 삭제되는 방식이라고 도운재가 설명한다.
 팡팡을 구하는 내용의 글을 비슷하게 흉내내서 쓰고는, 게시판에다 올리는 도운재. 등록을 마친지 얼마 되지않아 새로운 댓글 표시기 생긴다. 댓글을 단 ID 는 redbear. 뻴간... 이거, 불곰아니야?! 내용은 어딘가로 연결되는 링크뿐이다. 링크를 누르면, 채팅 창이 나타난다.

>kkk12631: 여보세요??
>redbear: 얼마나 하세요?
>kkk12631: 새 버전 나오는 걸로 사고싶은데...

redbear: ?? 그 얘긴 어디서 들었어요?
kkk12631: 파란 기와집에서 들었네요.
kkk12631: 양귀비 밭 일꾼입니다요.
redbear: 134.887 / 430.987 내일 오후 6시요.
[redbear님이 채팅방을 나가셨습니다.]

 순식간에 끝난 채팅. 도운재의 유창한 거짓말에 또다시 그를 쳐다본다. 두 번째 당하고 보니, 이걸 좀 배워봐야겠다는 생각이 들기 시작하는군...
 redbear가 알려준 암호같은 숫자를 검색하면, 조선시대 서버의 마을 뒷편에 있는 우물이 뜬다.
 뉴로우가 많이 다니지 않는 장소라고 설명하는 도운재.
 나는 곧바로 서형사에게 내일 있을 거래에 관한 정보를 알린다.
"플링 메타버스에 수사 협조도 구해봐야겠어."
 서형사는 플링 메타버스에 접속 가능한 모든 경찰을 총동원해서 내일 범인을 검거하겠다고 한다.
 전화를 끊고 보면, 새벽 5시. 첫차 다닐 시간이 되버렸다.
 도운재와는 이따가 도우리가 있는 병원에서 보기로 하고 헤어진다. 밖으로 나오면, 아직 차가운 새벽공기. 나는 해가 뜨지 않은 거리의 버스 정류장에 도착한다. 집에 가자마자 자야지.

 오후 1시.
 눈 뜨자마자 메시지 온 것 부터 확인한다. 처음 몇 개는 서형사가 보낸 메시지. 나머지들은 도운재가 보낸 메시지다. 언제 만나냐는 물음 끝엔 먼저 병원에 가있겠다고 적혀있다. 서둘러 씻고 나갈 준비를 시작한다. 거울을 바라보며 립스틱을 바르다 아차, 싶다.
 누구한테 잘 보이려고 분홍색 립스틱을 발랐지?
 한 명의 얼굴을 떠올리며 조그맣게 미소짓는다.

 도우리가 있는 병원 5층에 가면, 지연과 지호의 옆 호실이다. 침대에 앉아 식사중인 도우리. 그 옆으로 도운재가 앉아있다.
"탐정님!"
"좀 괜찮아? 얼굴 좋아보이네~"
 도우리는 어제보다 활기차 보인다. 검거작전에 대한 얘길 들은 모양이었는지, 플링 메타버스를 하지 못해 아쉬워하는 눈치다.
"어디 아픈 데도 없는데..."
"얼마 전에 죽을뻔 한 녀석이~"
 무려 납치! 라고 도운재가 강조하며 말한다. 내가 옆에서 이번에는 쉬는 게 좋겠다고 하자, 도우리는 이내 알겠다며 더 이상 떼쓰지 않는다. 이럴 때 보면 영락없는 중학생이다.

 옆 호실로 향하면, 암막커튼을 쳐 어둑한 병실 안.
 내가 아이들에게 인사하자 침대에 누워있던 두 아이가 부스스 몸을 일으킨다.

아이들은 한 침대를 사용하고 있었다. 떨어뜨려 놓아도 마치 한 명처럼 붙어 생활해서 병원에서도 두 손, 두 발 다 들었다고 한다.
 지연에게 퇴원하고 동생과 함께 시설로 들어갈 것 같단 이야기를 해준다. 퇴원하기 전에 꼭 다시 와야지. 나는 아이들 어깨까지 이불을 덮어주고 병실을 나왔다. 지호의 목소리가 등뒤로 작게 들렸다.
"...고맙습니다..."

"뭐야? 너 울어?"
 아이들 병실 앞에 우두커니 서 있던 날 보며, 도운재가 한마디 한다. 지금 기분은 뭐라고 설명하기 어려운 감정이다. 마치 가슴께를 누군가 꼭 누르듯 찌르르한 기분.
 하지만 아직 할 일이 남아있다. 시간을 보니 벌써 오후 5시가 넘은 상황. 나는 글썽거리는 눈물을 닦고 도운재와 함께 그의 집으로 향한다.

 현관 문을 열려는데, 서형사에게 영상 통화가 온다.
"5분 내로 접속할게요!"
"도운재 씨는 이번에도 위치 추적을 해줬으면 하는데 가능할까?"
"물론이죠."
 서형사의 부탁에, 도운재가 나에게 어깨동무를 척 해 보이며 대답한다. 그에게서 풍기는 진한 풀숲 향기. 나도 모르게 킁 소리를 내버린다. 이런... 괜히 민망해져 어깨동무를 풀어내고 살짝 떨어진다. 우선은 고형사와 둘 만 접속한 다는 서형사. 우리는 거래장소인 우물 근처의 헛간에서 만나기로 한다. 현실에 해킹 프로그램을 돌릴 도운재를 두고, 플링 메타버스 기계를 연결해 접속한다.

하늘 높이 쌓인 볏짚만 가득한 헛간 내부.
문을 닫고 주위를 살피면, 서형사는 아직 안보인다.
6시가 다 되어가는데... 나는 점점 초조해진다.
우물에 아무도 없어서 그 빨간곰이 그냥 가버리면 어쩌지?
혼자서라도 가야한다. 할 수 있어! 모나 넌 탐정이니까.

우물 앞에 서면, 어디선가 음산한 바람이 한차례 분다. 주위엔 개미새끼 한 마리 보이지 않는 상황. 이쪽으로 뉴로우들이 잘 안온다더니, 정확하다.
서형사 말에 의하면 이 근처 안 보이는 곳에서 경찰 뉴로우들이 대기 할거라던데...

[불곰님이 메시지를 보냈습니다.]

갑자기 알림창이 뜬다. 역시, 빨간곰이 아니라 불곰이였어... 이로서 그 실눈의 뉴로우가 까만방에서의 댓글 작성자와 동일인이라는 사실이 밝혀지는 순간. 시간을 보니 오후 6시 정각이다.

841.594 / 931.477

거래 장소 변경
유효시간 3분

오후 6시 3분까지 위의 장소로 오라는 말.
 순간이동 아이템을 쓰면 되는데, 이러면 누군가에게 연락해서 어떻게 해 볼 시간이 날라간다... 역시, 이정도는 하는 놈들이라 이거지. 어쩐지 이대로 갔다간 영영 못돌아 올 것 같은 느낌. 머리를 쥐어 짜내봐도 뾰족한 수가 떠오르지 않는다. 어쩔 수 없이 좌표의 마지막 번호를 찍어 넣으려 할 때,

[나에게 메시지를 보냈습니다.]

알림창이 뜬다. 내가 보냈다니?!

 -걱정 말고 순간이동 해.

 도운재다. 어떻게 된 영문인지는 모르겠지만, 그가 내 뉴로우를 해킹한 게 틀림없다. 마침내 안도의 한숨을 내쉬며 순간이동 실행 버튼을 누른다.

"오시느라 고생 많으셨습니다. 이해하시죠?"
 지난 번 초가집 앞에서 본 놈과 같은, 그 불곰이 맞다. 변장한 덕분에 날 알아보지 못하겠지만, 간담 한 컨이 서늘하

다.

 앞장선 그가 어느 집으로 들어가면, 팡팡이 한 가득 쌓여 있는 모습. 마치 지난번 본 창고를 그대로 옮겨 놓은 것 같은 풍경이다. 그가 상자 하나를 가져오더니 탁자 위에 올린다.

 폴은 플링 메타버스와 현실에서의 모습이 같았다. 이놈도 그럴까?...

 얼마나 더 시간을 끌어야 놈이 있는 위치를 알아낼 수 있을까? 여기서 당장 벗어나고 싶지만, 시간을 끌어야만 벗어날 수 있다는 모순에 저절로 비틀린 웃음이 난다.

 그와 눈이 마주칠세라 상자로 눈길을 돌린다.

 상자 윗부분을 열어 안에 들어있던 팡팡을 꺼내 보이는 불곰. 지난 번 봤던 묘하게 색이 진했던 것과 똑같다.

"이게 새 팡팡입니다. 리뉴얼 됐어요."
"이전이랑 어떻게 다른가요?"
"직접 해 보시든가."
 팡팡을 내 앞으로 들이미는 불곰. 순간 몸을 뒤로 빼며 움찔하자, 씩 웃으며 팡팡을 도로 상자 안에 넣는다.
 안에 든 팡팡은 모두 35개이고, 2500딜이라고.
"돈이 없어서요. 낱개 구매도 될까요...?"
 당연히 내가 돈이 있을리가 없다. 앞에 선 불곰의 표정이 흑곰이 된 듯 어두워진다. 도망가야 할까? 서형사는 뭐하고 있는거야... 온갖 생각을 휘젓고 있을 때, 그가 앞에서 피식 웃는다.

"몇 개?"

뱉듯이 말을 던지는 불곰에게 2개라고 답한다. 그 돈도 모든 걸 긁어모은 전 재산이다. 그에게 금액 전송버튼을 누르면, 불곰이 팡팡 2개를 내 쪽으로 건네는데…

이대로 가기엔 내 뇌 안의 범죄 심리 강의가 용납하지 않는다.

"미스터 M!"

순간 얼어붙는 불곰. 얼굴 한 쪽이 일그러진 각도와, 눈 밑으로 생긴 주름의 모양. 강의 시간에 배운 유죄 피의자의 반응과… 같다.

그가 뭔가를 하려고 움직이기 직전, 그의 손에서 팡팡 2개를 낚아챈다!

그 순간. 갑자기 시장 한복판으로 바뀌는 주변 풍경.

어라? 어떻게 된 일이지? 막 뛰려던 나는 사방을 두리번거린다. 지금 내 앞에는 한과를 파는 상점이 있다. 어디선가 나타나 손님 쫓지 말라며 소리치는 상점 주인. 그걸로 모자랐는지 나에게 달려들어 다짜고짜 밀어내기 시작한다.

내 오른손에는 여전히 팡팡이 쥐어져 있다. 내가 팡팡을 받는 순간, 순간이동 되도록 어떤 조치를 해놓은 것 같다. 그렇지 않고서야 이랬을 리 없지. 일단 나는 플링 메타버스에서 접속 해제한다.

현실로 돌아오면, 도운재가 누군가와 통화 중이다. 문득 오른손을 쳐다본다. 아무것도 없는 손. 조금 전까지만 해도 팡팡을 쥐고 있던 손이었는데... 어쩐일인지 뭔가가 쥐어진 듯한 느낌. 메타버스와의 경계가 헷갈린다. 이건 처음 있는 일이다.

"...나, 이모나!"
어느새 나를 흔들고 있는 도운재. 그 사실을 전혀 모르고 있었다. 내가 왜 이러지? 분명히 아무 일도 없었는데?... 나는 그가 가져다 준 찬물을 벌컥벌컥 마신다.
"네가 시간 끌어준 덕분에 위치를 알아냈어."

알아낸 불곰의 위치는 바로 서형사에게 전달됐다.
어떤 이유에선지, 경찰이 가지고 있던 지도에는 다른 헛간이 표시돼 있었다. 그래서 나와 서형사는 서로 다른 곳에 있게 된 거다. 내가 오지 않자, 어쩔수 없이 서형사도 거래장소인 우물로 향했다. 우물 근처에서 감시중이던 다른 형사에게 내가 나타났다는 연락을 받고 뛰어가던 찰나, 눈 앞에서 내가 사라졌다.
근처를 수색했지만 내 행방은 오리무중. 하지만 도운재는 이럴 줄 알고 내 뉴로우를 해킹해놨다고. 알고있다. 내가 그 상황에서 순간이동을 결심 한 것도 전부 그가 보낸 쪽지 덕분이니까.

혹시 불곰이 경찰 잠복 사실을 알았던 걸까? 가만, 그러고 보니 지난번의 그 초가집에서도, 고형사가 나타나자마자 나타나 뉴로우들에게 도망가라고 외쳤었어...
 분명 뭔가가 있다. 그에게 필요한 정보를 알려주는 경찰 끄나풀이 있거나, 플링 메타버스 내부자와 연관이 있거나. 배후에 도사리고 있는 더 큰 어둠이 느껴진다. 그가 붙잡힌다 한들 그 일들을 제대로 밝혀 낼 수 있을까?...
 혹시 불곰의 실체는 미스터 M인 걸까? 내가 그때 불렀을 때 그 표정은... 에이 설마...

 도운재와 헤어진 나는 집에 가자마자 쓰러지듯 잠이 든다.

 전화벨 소리.
 화면에 뜬 도운재라는 글씨에 인상을 찌푸린다. 받지 말까? 0.5초 쯤 고민하다 갈라지는 목소리로 전화를 받는다.
 "여보세요?"
 "어제 우리 거래가 끝이 아니었어."
 멍해서 큰일이다. 자리에서 일어면, 시간은 오전 11시 30분. 오늘 강의가 있었는지 기억이 나질 않는다.
 "조선시대 서버에서만 거래 한 게 아니야. 어제 모든 서버에서 거래가 있었어."
 비몽사몽 핸드폰을 왼쪽 어깨로 고정한 채 침대 옆에 벗어둔 겉옷을 챙겨 입는다. 곧바로 서형사와 고형사, 그리고 도운재가 같이 있다는 경찰서 근처 카페로 가면, 세 사람은 밤이라도 샜는지 눈 밑 다크서클이 줄넘기를 하고 있다.

어제 불곰은 체포됐다. 도우리의 납치 혐의로.
 하지만 이번 사건이 세상에 알려지며 메타버스 상의 마약이란 개념을 어디까지 적용해야 하는지에 대한 문제에 당면했다. NPC 동명이 했던 팡팡의 분석결과를 근거로, 디지털 마약이라는 단어도 등장했다.
 메타버스에서 한 위법 행위에 대해, 현실의 법을 적용해서는 안된다는 의견이 뒤따랐다. 팡팡의 사용이 인간 신체에 직접적으로 영향을 준게 맞는지부터 검증해야 한다는 항의가 빗발쳤다. 플링 메타버스를 음해하려는 세력의 음모론이란 말까지 나돌았다.

 불곰은 당연히 팡팡이 뭔지도 모른다고 잡아 뗐고, 해당 혐의 적용을 위해 경찰은 팡팡의 거래 정황부터 밝혀야 했다. 플링 메타버스에 협조를 구했지만, 묵묵부답. 어제까지만 해도 협조를 잘 해 줬는데, 믿을 놈이 하나도 없다며 고 형사가 고개를 저었다.
 이후 조사를 하며 발견한 건, 신종 팡팡의 거래가 모든 서버에서 벌어졌다는 것. 하지만 정확한 사실관계는 오직 불곰과 팡팡 거래 당사자만의 증언으로 확인이 가능한 일. 팡팡의 구매자를 하나하나 식별해 낸 후, 디지털 도핑 테스트를 해야 할 노릇이다. 앞으로 진행 추이에 따라 이 사건의 운명이 달렸다고, 그래서 잘 부탁할겸 나를 불렀다고 한다.

 이 모든 일들이 내가 자고 일어난 단 몇 시간 사이에 벌어졌다는 사실이 믿기지 않는다. 도움이 필요하면 언제든지 불러달란 말을 하고 도운재와 함께 카페를 나선다.

"불곰만 잡으면 될 줄 알았는데."
나는 양팔을 쭉 올리며 기지개를 핀다. 햇살은 뜨거운데 바람이 찬 날씨. 목적지 없이 길을 걷고 있다.
디지털 마약범들을 처단하기 어렵다는 현실에 기운이 쏙 빠진다. 이상과 현실이 다르다는 말이 이렇게 적용되는 걸까? 보이지 않는 벽에 가로막힌 느낌이다. 흘깃 바라본 도운재도 비슷한 생각인 것 같다.
가던 길을 멈춰 서면, 그가 뒤돌아 나를 본다.

"제가 이상주의자였나 싶어요."
"이상주의자?"
"네. 나쁜놈들은 다 뿌리 뽑을 수 있다는 희망을 가진 이상주의자."
그러자 도운재가 다가와 갑자기 팔짱을 낀다. 다른 쪽 손으로 턱을 괴는데, 바람에 살짝 휘날린 머리카락. 헝클어진 머리를 매만지는 그의 모습에 역광이 비쳐 눈부시다.

"...사람이 무너지는 이유가 뭔지 알아?"
낮은 목소리. 나를 바라보는 눈빛은 정답을 물어보고 있지 않다. 나는 편한 마음으로 대답한다.
"힘들어서?"
"희망이 없을 때야. 우리를 찾을 때 어땠지?"

도우리를 찾을 때라. 나는 조용히 눈을 감는다.
"제때 먹지도, 자지도 못했지. 하지만 계속 메타버스든 인천이든 찾아갔잖아?"
 그저 도우리를 찾을 수 있다는 생각 하나로 돌아다녔다. 현실적으론 불가능했는데도 못 찾을 거란 생각 없이. 그리고 결국 찾았다. 희망이 이상주의라면,
"...저는 무모한 이상주의자가 될래요."
 나를 보며 그럴 줄 알았다는 듯이 웃는 도운재. 대화를 나누고 나니 한 줄기 빛이 보이는 느낌이다.
 내가 바라는 이상을 위해서, 탐정을 계속 한다.

 며칠이 지난 어느 날, 도우리에게 문자가 온다.

> [탐정님! 빨리 메타버스에 접속해 보세요.]

 무슨 일이지? 수업끝나고 곧장 집으로 달려간다. 옷도 갈아입지 않은 채 플링 메타버스에 접속한다. 오랜만이다.
 탐정 사무실에서 눈을 뜨면, 사무실은 도우리 없이 조용하다. 호들갑은 다 떨더니, 얘는 어딜 간 거야?
 사무실 밖으로 나가보면, 바깥은 어느새 여름. 더운 바람이 얼굴을 스치고 지나간다. 이제 반팔을 입어야지.
 문득 올려다 본 하늘에 커다란 전광판이 떠있다. 저게 뭐지? 적혀있는 내용이...

<< 축 - 이모나 레벨 91 달성 - 하 >>

"탐정님, 축하드려요!~"
 펑 소리와 함께 폭죽을 터뜨린 도우리. 그 옆으로 케이크를 들고 선 도운재가 보인다.
 도운재가 이 서버에?... 그는 처음 보는 현대식 의상을 입었다. 내 시선에 머쓱한 듯 웃는 그. 나도 그를 따라 웃는다.
 "탐정님 레벨이 지금 서버에서 가장 높다고요! 다들 난리예요."
 내 정보를 눌러보면, 정말 레벨 91이다. 레벨 90이 넘는 뉴로우는 모든 서버를 통틀어 몇 되지 않는다. 어안이 벙벙한데, 플링 메타버스로부터 쪽지 하나가 도착한다. 플링 메타버스에서 벌어진 납치 사건 해결에 큰 기여를 했기에 경험치를 줬다는 내용. 안 그래도 뉴스에서 불곰이 자백했다는 소식을 들었다. 이게 이렇게 연결 되다니!
 얼른 와서 촛불을 불라고 재촉하는 도운재.
 "소원 비세요!"
 옆에서 도우리가 외치면, 두 손을 모으고 눈을 감는다. 어떤 소원을 빌지?... 한 가지 생각난다. 역시 나는,
 "후~"
 "탐정님. 소원 뭐 비셨어요?"
 "비밀!"

알려달라는 도우리를 겨우 떼놓고 탐정 사무소로 돌아왔다. 레벨 91이라니...
 감상에 젖어들 때쯤 문이 열리는 소리. 도운재다.
 책상 위에 케이크를 올려둔 후 찬찬히 탐정 사무소 안을 둘러보는 그. 입은 니트에서 사각사각 소리가 들린다.
 내가 있는 창가 쪽으로 걸어온다.
 "제 조수는요?"
 "걘 이제 공부해야지. 플링 메타버스도 접속 못 할 걸?"
 그리곤 반짝이는 눈을 하며 손가락으로 본인 얼굴을 가리키는 그. 내가 한쪽 눈썹을 한껏 끌어올리며 의아하단 표정을 지으면, 어깨를 으쓱하며 말한다.
 "아무래도 같이 해본 사이가 좋지 않겠어?"
 의미심장하게 말하는 그의 어깨를 밀치고 거리를 뒀다. 도대체 무슨 생각을 하는 거야?
 "뭘 해요?"
 "수사 말이야, 수사."
 능글맞은 그의 말에 어이없다는 듯 웃는다. 나를 보며 따라 웃는 모습이 싫진 않다. 그에게 오른손을 내밀면, 내 손을 잡는 그. 도우리가 알면 또 난리가 나겠지만,
 "잘 부닥해요. 새 조수."
 "탐정님, 잘 부탁합니다."

 우리는 서로의 손을 잡고 악수한다. 시선에 문득 뒤바뀐 발이 보인다. 왼쪽과 오른쪽이 바뀐 발로 열심히도 뛰어다녔다. 다신 없을 1.5회차 인생을 알차게 살아 나가고 있다.

누군가 말했다. 인생은 이유가 있어서 태어난 게 아니라 태어났기 때문에 이유가 있다고 말이다. 앞으로 이 세계에서 함께 해결해 나갈 수많은 사건이 기대된다.

작가의 말

 이야기는 버츄얼 유튜버에 관심을 가지면서 시작했다. 모니터 너머 그들이 사는 세상인 메타버스가 신기하게 느껴졌다. 지금은 오락뿐이지만 훗날에는 가상 현실에서도 생활할 수 있지 않을까? 그렇다면 메타버스와 현실을 오가는 이야기를 쓰고 싶었다. 현실에서 벌어진 일을 메타버스에서 해결하거나 메타버스의 일이 현실에도 영향을 미치는 상호 유기적인 관계였으면 했다. 단절이 아닌 연결에 초점을 맞췄다. 그 사이를 고군분투하는 주인공은 양면성을 지니길 바랐다.
 모나는 현실에서는 재수생이지만, 플링 메타버스에서는 잘나가는 탐정님이다. 심지어 성별이 반대인 경우도 있었다. 한 사람이 전혀 다른 두 사람의 모습을 보여준다는 설정이 쓰는 내내 즐거웠다. 모나는 호기심이 많다. 작은 부분도 그냥 지나치지 않고 사건과 연결시키고 만다. 누군가를 염두에 두고 쓰지 않아서 어쩌면 모나는 나의 어떤 모습을 가장 닮아 있을지도 모르겠다.
 나는 모나가 성장하는 캐릭터이길 원했다. 발이 뒤바뀌어 있어도, 사건이 통쾌하게 해결되지 않아도 모나는 멈추지 않는다. 물론 처음에는 실망하고 좌절도 느끼지만, 나중에는 시련을 이겨낸다. 내일의 나를 기대하며 앞으로 나아간다. 모나를 만난 모든 사람이 모나와 같길 바라는 마음이다. 이 글을 읽는 당신도 그러길 바란다.

모나만큼 애착이 가는 건 메이였다. 물 흐르듯 글을 쓰다 돌부리에 걸린 것처럼 나타난 메이는 신비로운 인물이고 싶었다. 아마 메이는 내가 매력적으로 느끼는 어떤 모습이지 않을까? 사실 도우리, 도운재, 서다예, 고우엽, 폴, 린다, 카이… 이 글에 나오는 캐릭터 하나하나 전부 나를 쏟아내며 적었다. 어느 한 명 내가 담기지 않은 인물이 없어서 더욱 소중하다.

 결말은 두 가지를 적어놓고 가장 많은 고민을 했다. 이야기를 어떻게 끝내는 게 맞는 걸까. 하지만 이건 맞다, 틀리다의 문제가 아니었다. 나는 유쾌한 결말보단 왠지 그럴 수도 있겠다는 결말을 선택했다. 나다운 선택을 했다고 믿는다. 2023년 겨울은 온전히 이 글을 쓰며 보냈기에 왜 이렇게 썼지? 라는 후회는 하지 않을 것 같다. 아니, 하지 않을 것이다.

 무슨 이야기를 쓰냐며 궁금해하시던 부모님, 항상 옆에서 응원해 주는 짝꿍, 글의 가치를 알아봐 주신 고마운 스위밍풀 대표님 그리고 이름 뒤에 작가라는 단어를 달기 위해 애쓴 나. 마지막으로 이 책을 읽어준 누군가에게 감사함을 전한다.

2024년 3월
황은솔

스위밍풀 SF 장편소설
이세계 탐정 모나
© 황은솔 2024

1판 1쇄　2024년 5월 10일

지은이　황은솔
펴낸이　금세혁
디자인　사우르스
제작처　태산 인디고
펴낸곳　스위밍풀

출판등록　제2023-000036호
이메일　amag100@naver.com

ISBN 979-11-986666-7-3 (03810)

* 이 책의 판권은 스위밍풀에 있습니다. 이 책 내용의 전부 또는 일부를 재사용하려면 반드시 스위밍풀의 서면 동의를 받아야 합니다.